식탁 위의 고백들

식탁 위의 고백들

초판 1쇄 발행 2022년 3월 11일
초판 2쇄 발행 2023년 2월 15일

지은이 이혜미
펴낸이 강일우
책임편집 이진혁
조판 박아경
펴낸곳 (주)창비
등록 1986년 8월 5일 제85호
주소 10881 경기도 파주시 회동길 184
전화 031-955-3333
팩시밀리 영업 031-955-3399
편집 031-955-3400
홈페이지 www.changbi.com
전자우편 lit@changbi.com

ISBN 978-89-364-7904-6 03810

식탁 위의 고백들

이혜미 에세이

창비

차례

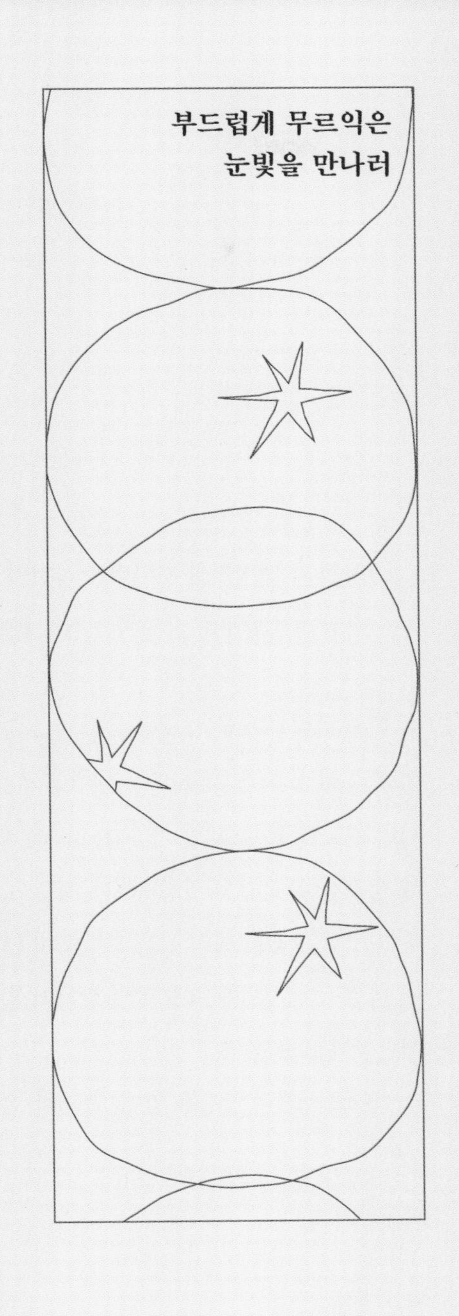
부드럽게 무르익은
눈빛을 만나러

이제 막 열리기를 기다리는 사건이 있다.

손안에서 함부로 뭉개지는 작정들이 있다.

이 단단한 열매의 예감과 근심, 시름과 실망을 돌보는 일에는 꽤 많은 마음 품이 필요하다. 웅크린 갑각류의 동물처럼 견고한 몸. 조용한 기다림 속에서 무르익는 결심에 대해 생각한다. 공간의 방향을 가늠하듯이. 어제의 향방을 짐작하듯이. 손끝을 세워 아직 도착하지 않은 색을 헤아린다. 이 비밀스러운 세계 속으로 입장하기 위해서는 사려 깊은 매만짐이 요구된다.

아보카도의 입구를 열어 그 안에 잠들어 있던 눈빛을

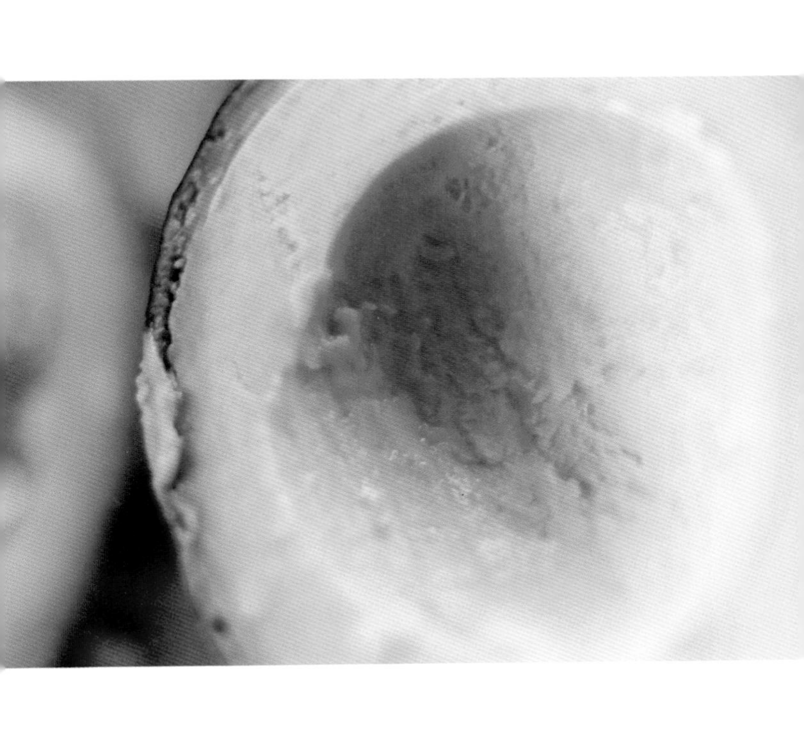

만나는 일은 빠르게 달아나는 어제 속에서 빛을 되찾고자 하는 의지다. 반짝임은 절대적인 사건이 아니라 우연으로 가득한 순간을 재발견하려는 임의적 믿음이기에. 반으로 갈리며 터져 나오는 환한 내부의 색. 조심스럽게 문을 열면 끈적하게 녹아내리는 초록. 뭉개지는 연두. 전염되는 녹색. 흘러나온 테두리를 따라 봉쇄되었던 숲이 조금씩 퍼져나간다.

씨앗을 빼기 위해 칼로 그 중심을 나눌 때, 나는 매번 눈동자를 찌르는 듯한 두려움에 사로잡힌다. 하나의 동공을 가지려 오래도록 몸을 부풀렸을 정념을 상상하면서. 칼집을 낸 씨를 비틀어 떼어내며 눈빛을 배우기 위해 떠나는 긴 순례를 떠올린다. 소중한 것을 상처 입힌 채 떠나보낸 사람들의 텅 빈 눈가. 누구나 자신의 규모에 맞는 부재를 끌어안고 살아간다.

이렇게 만들어진 허전한 자리를 나약하고 부드러운 재료들로 채우는 것은 아보카도 계란치즈구이를 만드는 기쁨 중 하나다. 계란 노른자와 아보카도는 맛으로도 어울리지만 레고 블럭처럼 물리적으로 잘 맞물리는 조합이다.

아보카도 씨를 뺀 자리를 계란 노른자로 메워 치즈를 올린 뒤 오븐이나 전자레인지에 가볍게 익혀내면 된다. 부드럽고 따듯하고 고소해서 식사로도 좋고 안주로 내도 근사하다. 이 요리는 아마도 무언가가 떠나간 자리, 텅 빈 것을 견디지 못한 사람들이 어떻게든 그 자리를 메워보려는 노력으로 생겨났을 것이다. 그런 적이 있었지. 잃어버린 비밀을 다른 것으로 채워 마음을 속이려 한 적이. 하나의 문을 열고 나와 굳이 낯선 창가를 찾아간 적이.

적당히 단단하게 익은 아보카도는 울타리를 만든다. 얇게 썬 과육을 조금씩 밀어가며 모양을 잡으면 연약한 테두리를 갖출 수 있다. 초록의 울타리 속에 무엇을 채울 것인가를 고민하는 시간이 좋다. 적양파를 아주 얇게 썰어 간장에 무친 뒤 흰살 생선의 회나 게살을 올리면 잘 어울린다. 식초와 소금으로 간한 밥을 채우고 연어와 케이퍼를 올려 작은 덮밥 케이크를 만들어도 좋겠다. 비건이라면 다져서 간장에 조린 두부와 궁합이 좋을 듯하다. 무순을 조금 올리면 예쁘겠지. 최근에는 울타리 속에 성게알을 넣고 단새우 회로 덮은 조합을 시도했는데 부드럽고 끈적한 세가

지 재료가 뒤섞이며 관능적인 맛을 냈다. 크림화된 과육이 입안을 확장시키는 듯한 식감. 어떤 재료와의 조합을 시도하든 아보카도는 전체를 아우르는 부드러운 매개체가 되어준다.

작은 식탁에 앉아 오래도록 자신의 영혼을 기다렸던 덥수룩한 남자 얀처럼.* 우리를 놓쳤던 빛들이 옛날을 데

* 올가 토카르축 글·요안나 콘세이요 그림 『잃어버린 영혼』, 이지원 옮김, 사계절 2018.

리고 돌아오는 시간을 기다린다. 그러나 되찾는 순간 돌이킬 수 없게 되는 것들도 있다. 비밀이 깊숙할수록 들키고 싶은 욕망도 짙어지듯이, 단단히 말아 쥐어도 점차 녹아 풀어지고 나른해지는 시선들. 오래 전에 곪아버린 아보카도의 속내와도 같은. 미숙보다 두려운 과숙의 무너짐. 유예를 품어온 기다림은 귀퉁이부터 조금씩 오염되기에.

그림자 속에 깃든 빛의 동굴을 움켜쥐고 새로운 눈동자를 불러온다. 눈뜨라, 시선의 안과 밖이 뒤섞인다.

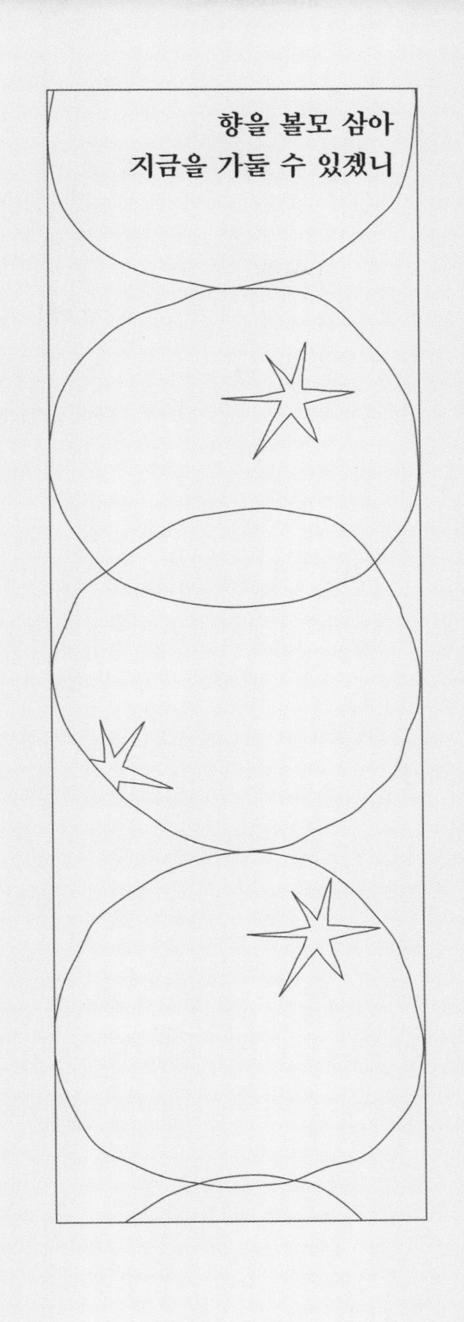
향을 볼모 삼아
지금을 가둘 수 있겠니

시장에서 한창 제철인 달래를 넉넉히 사서 돌아오는 길에는 마음이 온통 불가능한 것에 대한 욕심으로 부푼다.

검은 비닐봉지 속에서 달래는 고양이처럼 꼬리를 말고 잠들어 있다. 늦겨울과 초봄을 지나며 차가운 땅속으로 조금씩 흘러드는 뿌리를 상상한다. 어둠의 현관에 기대어 꼬마전구처럼 미약한 빛을 밝히던. 반쯤 얼어붙은 흙을 더듬어 조금씩 녹여가는 안간힘이 달래의 뿌리가 되어 무성해진다.

달래의 연약한 뿌리와 줄기를 뒤흔들며 흘러나오는 향은 푸르고 이르다. 육박하는 봄의 신경, 초록의 근육. 양파와 마늘, 쪽파가 동시에 연상되는 달래의 맛과 향은 그중

어느 것에도 온전히 속하지 않는다. 달래는 향의 문법들을 일부 인용하여 전혀 새로운 자신만의 논리를 만들어낸다. 뛰어난 철학자들이 그러하듯.

스쳐 지나가는 지금을 어떻게 묶고 옥죄어 가두어야 하는가. 우리가 가장 가질 수 없는 것. 계속해서 잃어버리고 마는 것. 사라지는 여기들에 어떤 형식을 덧대어야 하는가. 이것은 달래를 다듬는 노인과 시인이 공유하는 오랜 고민이다. 그냥 두면 시들어버릴 순간들을 캐다가 씻고 다듬어 차려내기. 시들기 전에, 무르기 전에, 조금이라도 당시의 색과 향을 지켜내기.

달래를 지나치다 싶게 많이 산 이유는 스스로 정한 초봄의 행사인 달래장을 담그기 위해서다. 시중에 파는 쌈장에 달래와 쪽파, 굵게 썬 편마늘을 버무려 만드는 이 쌈장은 달래와 함께하는 짧은 시간을 최대한 지속하고 유예하려는 노력이다. 잘게 다져 넣은 달래는 시간이 지나며 점차 속에 있는 향들을 꺼내놓기 시작한다. 그날 바로 먹어도 맛있지만 담금 음식들이 흔히 그렇듯 달래장도 숙성될수록 더욱 향이 짙어지고 깊숙해진다. 일주일쯤 뒤에 열어보면 장의 겉면이 달래와 쪽파, 마늘에서 흘러나온 진액으로 덮여 있는데, 투명한 듯 맑지만 농밀하게 압축되어 있어 끈적하다. 이때쯤 아래위를 잘 뒤섞어 다시 향을 안쪽으로 보낸다.

잘 숙성된 달래장은 고기에 올리는 전통적인 조합도 좋지만 숭어나 광어 같은 회와 멋진 궁합을 보여준다. 담백한 생선살의 감칠맛을 순식간에 끌어올려주며 달래향으로 마무리되는 이 조합은 '산에 가서 생선을 찾는다'라는 속담을 맛으로 구현한 듯하다. 그래서 큰 유리병 가득 달래장을 만들어두면 시간을 훔쳐다가 담아놓은 것처럼 뿌듯한 마음이 차오른다. 조금 남은 달래는 간장에 맛술을 넣고 뿌리째 담가 향긋한 달래 간장을 만든다. 달래향이 밴 간장은 회를 비롯한 여러 요리에 좋은 소스가 되고 생각보다 오래 보관할 수 있다. 생김을 구워 찍어 먹거나 별다른 반찬이 없을 때 참기름과 함께 맨밥에 비벼도 좋다.

달래를 사는 날에는 정육점에 들러 육회용 고기도 조금 산다. 제철 달래를 다져 넣은 달래육회를 만들기 위해서다. 간장과 소금으로 간하고 참기름, 다신 마늘, 다진 달래를 넣어 무쳐놓은 육회를 냉장고에 숙성시켰다가 먹기 직전에 내놓는다. 달래 뿌리의 터지는 식감과 특유의 향이 육회와 만나 신선한 궁합을 이룬다. 달래는 은근히 자기주장이 센 채소라 곁에 무엇을 두는가에 따라 힘을 발휘하는 정도가 달라진다. 육회는 흔히 설탕으로 단맛을 내지만 달래와 함께 무칠 때는 곶감의 속을 긁어서 넣는다. 설탕의 찌르는 듯한 단맛보다 곶감의 우아한 단맛과 끈기가 달래의 향과 맛을 부드럽게 눌러준다. 미나리를 넣어 무치는 육회도 좋아

하지만, 달래가 나는 계절에는 무조건 달래를 선택한다. 달래 육회는 특정 기간에만 만날 수 있는 한정 메뉴니까.

달래는 여름잠을 자는 식물이다. 초봄에 번성하고 뻗어나가다 가을이 오기 전 뿌리에 힘을 비축하려 줄기는 시든다. 달래의 여름잠은 봄과 가을을 오가며 돌아오지 않는 시간을 기억하는 방식일까. 내리쬐는 볕을 피해 웅크려 잠든 뿌리를 떠올리면 마음이 희게 엉킨다. "불 위를 뛰노는 것보다 재 속에 눕는 것이 더 행복하였다"「재의 골짜기」, 『빛의 자격을 얻어』, 문학과지성사 2021 부분라는 문장을 쓴 적이 있다. 방향을 모르는 맹목과 무모한 뜨거움들은 유약한 마음을 더 깊은 곳으로 도망하게 만든다.

우리는 사라질 계절과 노닌다. 간절과 간절 사이에서. 예감 속에서. 모든 것이 사라지리라는 슬픈 안심 속에서. 시간을 자른 단면들에서 투명한 진액들이 조금씩 흘러나오는 것도 모르고. 그렇게 느닷없이 향의 기억을 얻은 줄도 모르고.

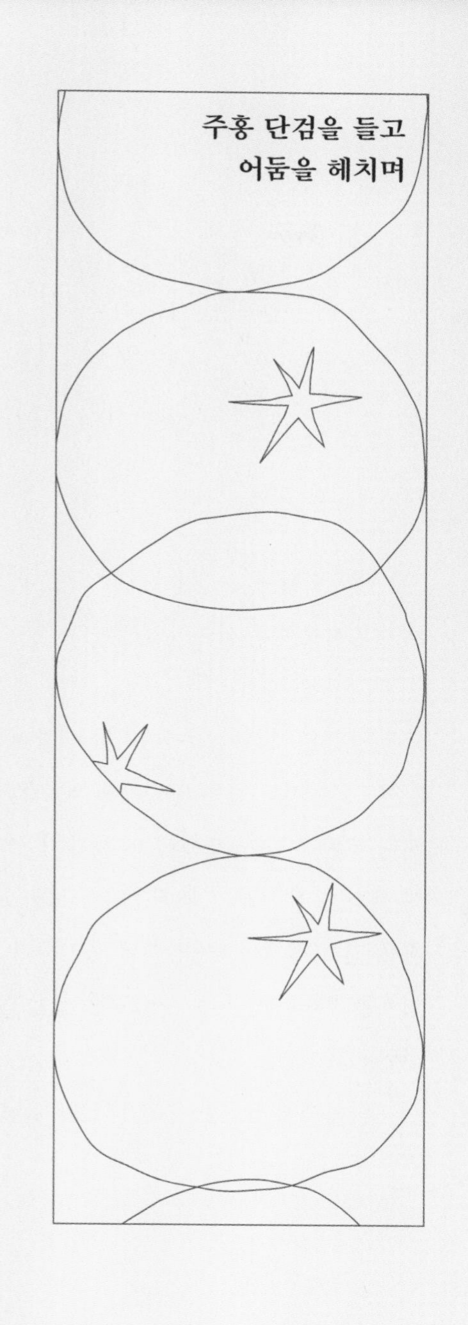

주홍 단검을 들고
어둠을 헤치며

당근이라니,

외계에서 온 식물이 분명하다.

당근은 자신이 어마어마한 색깔의 몸을 가졌다는 걸 알까? 보이지도 않는 땅속에서 왜 그렇게 엄청난 색깔을 지니게 된 것일까. 도무지 이 세계의 것이 아닌 듯한 당근의 색상은 이 채소가 외계문명이 보낸 교신탑이라는 음모론을 믿고 싶게 한다. 땅속에 옹기종기 모여 우주를 향해 신호를 보내는 당근들…… 그들은 사실 인간을 감시하러 파견된 스파이다.

마트에서 당근은 주로 매끈하게 닦여 봉지에 우르르

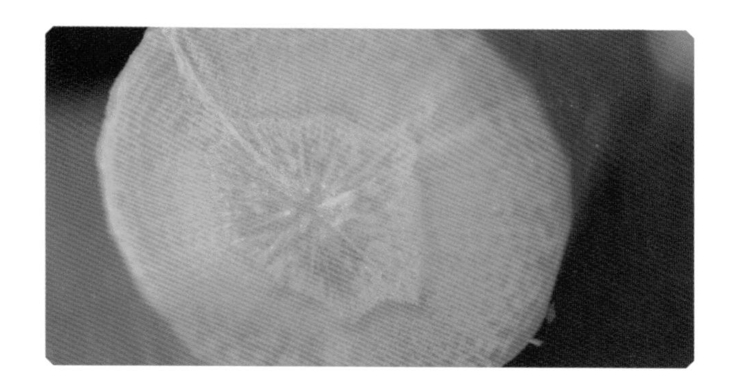

담겨 있다. 무척 인위적이고 반들해서 얼핏 보면 꼭 플라스틱으로 만든 가짜 같다. 마주칠 때마다 소꿉놀이할 때 가지고 놀던 장난감이 생각난다. 무딘 칼날에 두동강 나고도 언제든 다시 붙어 새로 태어나던 가지, 토마토, 사과. 주방놀이 세트에 당근은 늘 포함되어 있었는데, 쨍한 색감과 귀여운 외양으로 당근은 맛이나 식재료보다는 소품이나 문구류, 캐릭터 등으로 더 사랑받는 듯하다. 그만큼 자연에서 만들어질 것 같지 않은 빛깔로 당근은 오롯하다.

접시 위의 형광펜. 중요한 부분을 표시하듯 당근은 땅의 내용을 모아 압축하고 요약한다. 계란말이, 잡채, 김밥, 볶음밥, 카레, 닭볶음탕 같은 요리에서 눈에 띄는 존재감을 발하며 당근은 식탁 위의 기출문제가 된다. 주로 사용하는 식재료들이 희거나 푸른색이 대부분이라 특유의 주황색이 더해지면 요리가 전체적으로 화려하고 다채롭게 느껴진다. 형광펜이 그어진 자리에 더 주의를 기울이게 되듯이.

눈에 잘 띄는 만큼 호불호가 심하게 갈리는 채소이기도 해서 그 자체로 주인공이 되는 경우는 드물다. 아이들에게 당근을 먹이기 위한 레시피들은 그 본질과 형태를 해체하는 데 집중한다. 주스나 케이크, 당근을 갈아 넣은 오믈렛. 심지어 당근으로만 만든 요리인 당근 라페도 원형을 떠올리기 어렵도록 형상을 바꾸어놓는 방식이다. 당근은 자신의 화려한 모습을 최대한 숨기며 기다린다. 땅속에서 늘 그래왔듯 조용히.

해마다 당근 모종이 나오면 꼭 사와서 심곤 한다. 물론 뿌리채소이기에 작은 화분에서는 그리 잘 자라주지 않는다. 그럼에도 모종을 심는 이유는 길게 자라나는 잎사귀를 사랑하기 때문이다. 뭉툭한 본체에 비해 당근의 잎은 무척 섬세하고 아름답다. 바람이 불면 길게 늘어져 있던 촘촘한 잎사귀들은 코바늘로 세심하게 작업한 초록 레이스처

럼 일렁인다. 시장에서는 잎사귀를 떼어내지 않고 그대로 팔기도 하는데, 줄기 부분을 잡고 들어 올리면 당근은 순한 토끼처럼 가만히 매달려온다. 손질할 때 윗부분을 잘라 작은 종지에 물과 함께 담아놓으면 금방 잎사귀가 돋아난다. 창가에서 귀엽고 아름다운 초록 잎이 자라나는 모습은 주방의 작은 기쁨 중 하나다.

당근을 손질할 때 끼쳐오는 향을 좋아한다. 미끄러지듯 손가락에 달라붙는 촉감과 아침의 열린 창에서 밀려오는 덜 마른 흙의 냄새. 땅의 페이지와 달콤한 과일의 페이지가 번갈아 교차하며 펼쳐진다. 벗겨낸 껍질들을 모아 살랑살랑 흔들면 갓 도려내진 향을 내뿜는 잠시의 커튼. 나 역시 세심하게 당근을 골라내며 편식하던 아이였기에 언제부터 이런 집요한 애정을 가지게 되었는지 의문이지만, 확실히 식재료를 직접 다루어보면 그전까지 가져온 편견들이 줄어드는 것을 느낄 수 있다. 막연히 싫어해오던 사람과 단독으로 대화해보면 생각보다 많은 오해들이 풀리는 것처럼. 잘 손질된 당근에서 단 향이 올라온다.

가운데를 잘라 단면에 희미하게 새겨진 문양을 바라본다. 나이테 같기도 작은 만다라 같기도 한 동그라미. 자세히 들여다보면 몸의 안쪽을 향해 반짝이며 모여드는 회오리처럼 보인다. 잘라도 잘라도 이어지는, 끝없이 굴러 나오는 빛의 동전들. 메리 할머니가 오래 전 잃어버렸던 결혼반지를 안고 자라난 당근도 영원에 가까운 동그라미를 몸에 품었을 것이다.*

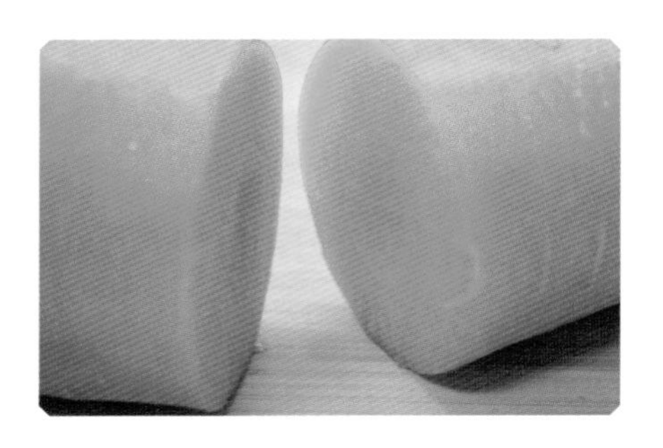

조금씩 자라나며 깊어지는 빛을 떠올린다. "별이 못이라면 깊이를 잴 수 없이 긴 못, 누구의 가슴에도 깊이를 알 수 없이 깊은 못"김행숙 「빛」, 『에코의 초상』, 문학과지성사 2014 부분. 그렇다면 당근은 어두운 흙 속을 헤집으며 자라나는 작고 환한 말뚝일까. 뿌리식물들이 가진 특유의 밝은 색은 암흑을 견디기 위해 내부에서 끌어모은 힘이다. 그러니 당근은 뿌리박힌 노을이자 땅속을 비추는 등대다.

슬픔에 빠져 주위가 암담할 때 당근을 생각한다. 자신이 화려한 색을 지닌 것도 모른 채 땅속에 잠겨 있는 형광빛의 근채류 식물. 어쩌면 우리가 보는 세계가 이토록 캄캄한 것은 마음 주위를 자전하는 빛 때문일지도 모른다고. 휘황과 광채는 도리어 주위의 캄캄함을 일깨우기에. 그렇게 생각하면 우주로부터 지구로 파견 나온 스파이가 된 것 같다. 이해하기 어려운 이 세계의 비애 속에서 주홍 단검을 손에 쥐고 드리워진 우울을 가르며 가야지. 당근이 깊이를 알 수 없이 두려운 땅 속에서도 은밀하게 자신의 빛을 지키는 것처럼.

* 「3년전 잃어버린 약혼반지, 당근이 찾아줘」, 중앙일보 2017.8.18.

정말이지 당근이라니, 사랑하지 않을 수 없는 찬란이다.

빛과 그늘의 영토에서

맑고 환한 오후입니다. 봄의 끝자락답게 식물들이 무척 분주하네요. 옥상의 화초들 사이를 서성이는 시간은 제가 가장 좋아하는 일과입니다. 하나하나 들여다보면 저마다의 줄거리와 명장면이 따로 있거든요. 만개한 재스민과 동그랗게 꽃을 뭉치는 중인 작약, 참았던 잎을 터트리는 포도와 사과대추. 봄에 심었던 루꼴라도 꽃대를 올리기 시작했습니다. 오전에는 모종시장에서 목화와 공심채, 바질 모종을 사왔습니다. 수반에는 워터코인과 부레옥잠을 띄우려고요.

이곳은 공항이 가까워서 날아오는 비행기가 무척 가까이 보입니다. 어느 항공사인지 알 수 있을 정도

예요. 날개가 공기를 스치는 소리는 제법 진동이 커서 코끼리의 울음소리처럼 들리기도 하고, 돌고래의 노래처럼 들리기도 합니다. 창공의 한복판을 가로지르며 나아가는 한쌍의 날개. 정오에는 옥상에 커다란 그림자를 떨어뜨리며 지나갑니다. 태양과 비행기와 나의 각도가 맞아떨어지면 잠시의 그늘 안에 속할 수 있게 됩니다. 한 친구는 이 순간을 무척 좋아하여 '비행기 일식'이라고 이름 붙였습니다. 멋진 단어라고 생각했어요. 빛과 시간과 공간이 함께 이루어내는 우연의 영토.

마침 오늘은 개기월식이 약속된 날입니다. 달맞이 파티를 하려 오랜 친구들을 초대했습니다. 조촐하게 함께할 식사도 준비합니다. 화단에서 수확한 루꼴라를 치즈, 마늘, 올리브오일과 함께 갈아 페스토로 만들었어요. 하늘과 겸상하기 위해 좁은 계단을 올라 오래된 평상 위에 소박한 저녁을 차립니다.

구름 사이로 월식이 시작되었습니다. 느리게 눈을 감았다 뜨듯 희미하고 신중한 달의 눈꺼풀. 친구가 망원경을 가져온 덕에 달을 더 가까이 당겨서 볼 수 있었습니다. 자세히 본 달 껍질은 바삭바삭할 것 같았어요. 평상에 누워 구름에 가렸던 달이 다시 등장할 때마다 다 같이 탄성을 질렀습니다. 중심에서 귀퉁이까지 잠시 어두워지는 것뿐인데, 그렇게도 신기하고 재미있었던 건 우리가 그 자리와 그 각도에 존재하고 있다는 기분 좋은 깨달음 때문이었겠지요. 개기월식처럼, 비행기 일식처럼, 세계의 아름다움과 마주치는 순간은 결국 내가 어디에 있는지를 일깨워 주는 사건입니다.

옥탑방은 선물받은 높이입니다. 천천히 눈을 감는 시간. 천천히 눈을 뜨는 시간. 기억할 만한 장면들은 그사이에 머무릅니다. 하늘과 땅의 경계에 자리한 생각의 둥지. 이 작은 공중정원에서 시를 쓰고 식물을 가꾸고 그늘을 기다리고 사람의 깊이에 대해 생각합니다. 보이는 어둠과 보이지 않는 소리 사이. 알고 있는 얼굴과 놓쳐버린 이름 사이. 그래서 우리는 마음의 언저리를 서성이며 희미해진 달의 테두리를 만져보는 꿈을 꾸는 것일까요.

곧이어 앞산이 부풀어 오를 것입니다. 다가오는 여름은 높고 들끓고 휘황하며 다정합니다. 뜨거운 볕 아래에서 잡초를 뽑고 도라지꽃과 능소화를 만날 차례입니다.

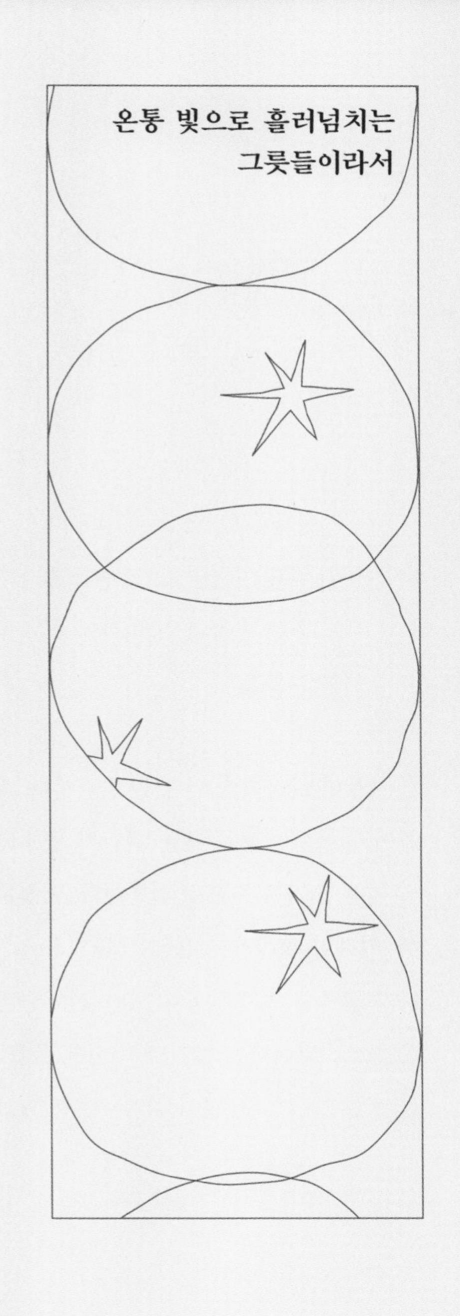
온통 빛으로 흘러넘치는
그릇들이라서

물의 날개가 땅속으로 스며드는 것을 바라본다.
작고 붉은 종들이 가지 사이에 모여 흔들린다.
여름의 부름.

토마토 줄기의 흰 털을 만져본다. 줄기와 잎사귀를 흔들며 뿜어져 나오는 푸른 흙냄새. 공기와 손끝이 순식간에 덜 익은 토마토 향으로 얼룩진다. 이렇게나 온통 토마토라서. 언제나 결심을 실천하는 줄기와 잎사귀, 잠시 달고 있다가 싫증난 브로치처럼 내버리는 노란 꽃에 이르기까지 온몸으로 발산하는 향기다. 화단에 물을 주며 나는 물의 다음 생을 생각한다. 빛이 불어넣어준 숨으로 토마토가 조금

씩 부풀어 오르는 것을. 열매의 무게에 휘청이다 마침내 붉은 등을 켜 드는 것을 바라본다.

튀어 오르는 여름의 줄기에 매달려 차오른 몸을 끌어안은 빨강들. 우리의 체계와는 반대인 열매의 신호. 토마토의 세계에서 초록은 기다림이며 빨강은 출발이다. 줄기에 맺힌 열매가 붉은 신호등을 켜도 서두를 필요는 없다. 사려 깊은 운전자들이 그러하듯 나는 신호가 바뀐 뒤에도 한참을 더 기다린다. 열매가 스스로를 관망할 때까지. 새빨간 기운이 조금 가시고 차분한 안도의 빛이 열매의 아랫부분에 고일 때쯤 수확한다. 너무 많이 익어버린 토마토는 자신의 부피를 견디지 못해 껍질이 갈라지기에 더 늦어서도 안 된다. 가장자리까지 팽팽하게 익은 토마토는 입에서 물풍선처럼 터진다.

화단에서 수확한 토마토는 주로 샐러드를 만들 때 넣거나 물을 주는 동안에 대부분 입속으로 들어가지만, 가지마다 완연한 열매가 매달리고 버리기 아까운 볕이 쏟아지는 여름 정오에는 드디어 선드라이 토마토를 만들 결심을 하게 된다. 태양에 말린 토마토. 이름이 곧 요리인, 사실 조리가 필요 없이 재료를 잘라 말리기만 하면 되는 간단한 과정이지만 그날의 볕, 열매의 상태, 앞으로 3일가량의 기후 변화까지 고려해야 할 사항이 많다. 중간에 비가 오거나 습한 날이 지속되면 애써 키운 토마토에 곰팡이가 피거나 물러버리기에 최대한 볕이 강하고 바람이 많은 시기를 고른다.

토마토를 반으로 가른다.

열매가 간직해온 세계가 열린다.

과거를 완성하기 위해 토마토의 신경은 칼끝에서 가

장 팽팽해진다.

붉은 물방울들이 높이 솟아오른다.
기다림을 통과한 색깔들은 준비가 되어 있다.
손끝의 액체들을 입술로 훑으면,
이종의 두 몸이 서로를 알아보는 신호로서의 감칠맛.

채반이나 깨끗이 씻은 도마에 토마토들을 펼쳐놓고 가장 볕이 잘 드는 자리를 골라 놓아둔다. 잘린 단면을 들여다보면 기이하고도 규칙적인 무늬가 술렁인다. 펼쳐 내놓은 첫날은 단면마다 물기가 돌고, 둘째날이 되면 가장자

리에 귀여운 톱니들이 생기며 말라간다. 셋째날쯤 되면 드디어 작은 종지 모양으로 완전히 말라 도마 위를 굴러다닌다. 이렇게나 조그마한 그릇들이라서. 자신의 안쪽을 향해 짙어지는 향과 빛들이라서.

볕을 충분히 받아 안쪽까지 잘 마른 토마토들을 모아 바질과 딜, 타라곤, 펜넬, 오레가노 등의 허브를 섞어가며 유리병에 켜켜이 담고, 소금으로 간한 뒤 통후추, 머스타드시드, 딜시드, 아니스, 주니퍼베리 등의 알 향신료들을 넣는다. 동남아풍의 향을 추가하고 싶을 때는 고수를, 매운맛을 더하고 싶다면 마른 베트남고추를 몇개 부숴 넣는다. 마지막으로 병 가득 올리브오일을 채운다. 향신료와 허브의 향이 더해진 토마토는 그대로도 좋은 술안주가 되지만, 샐러드나 스프에 고명으로 올리거나 생 모차렐라치즈에 바질페스토와 함께 곁들여 간단히 카프레제를 만들 수도 있다. 담가둔 올리브오일과 함께 갈아 그대로 파스타에 버무리면 토마토소스와 오일소스의 장점을 합친 맛을 낸다. 볕과 시간이 해주는 일은 이토록 소중한 것. 매시간 달라지는 볕자리를 따라가며 도마를 옮겨주다보면 여름의 각도와 궤적에 대해 생각하게 된다. 선드라이 토마토를 만드는 일은 태양의 긴 여행을 뒤쫓는 방식들 중 하나라는 것. 열매와 빛이 만나는 곳에서 새로운 여름의 형식을 만들어내는 일이라는 것을.

언제까지 이 새삼스러운 여름이 지속될까. 믿을 수 없다는 듯 또다시 열매들이 부푼다.

망가트리기 위한 무지개를 만들게요

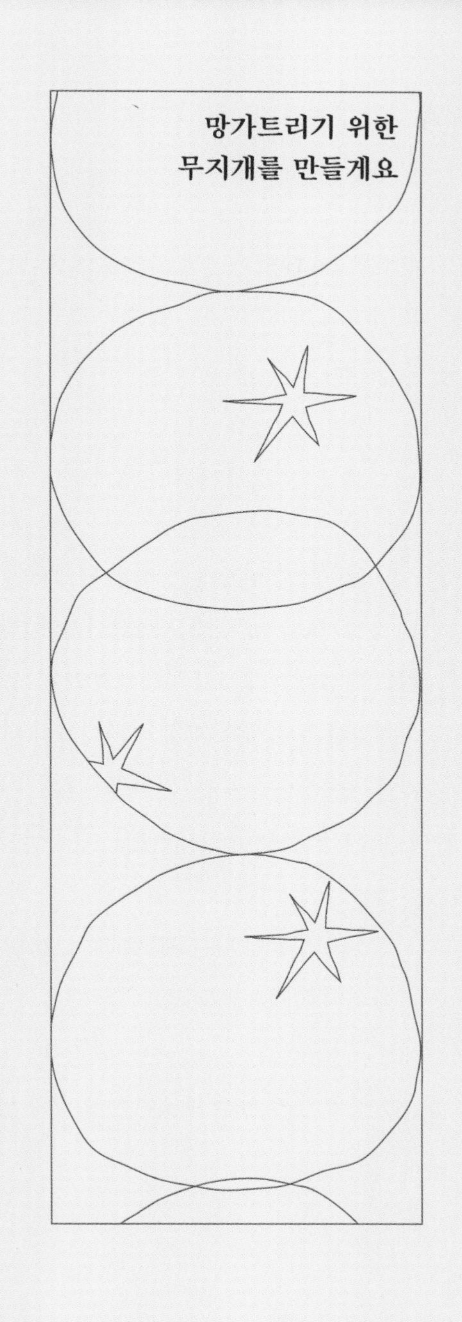

샐러드를 섞는 일은 정말 미개해. 선배는 낮은 경멸조로 중얼거렸다. 비빔밥도 마찬가지야. 왜 모든 것을 마구잡이로 뒤섞어 아무것도 아니게 만드는 걸까? 애써 쌓아올린 색채들이 무너지고 개개의 존재들이 자신의 색을 조금씩 잃어가는 모습을 보는 것이 즐거운가? 내용물이 모두 뒤섞인 뒤의 그 흐릿하고 이도저도 아닌 색이 싫어.

잠자코 듣던 나는 지루해져서 말했다.

섞지 마세요, 그러면.

포크와 접시가 부딪치는 소리가 났다. 선배의 흰 접

시 위에 검은 올리브와 슬라이스된 토마토가 각자의 영역을 지키며 배치되어 있었다. 선배는 다급하지 않은 성격이었으나 이상하게도 음식 앞에서는 몰아치는 불안으로 자제심을 잃었다. 하지만 그건 형식의 문제란 말이지. 섞느냐 섞지 않느냐를 선택할 수 없어. 섞는 행위까지가 이미 설계된 거니까. 선을 망치지 않으려 노력하며 개별적인 것들을 하나하나 골라내다보면 규칙을 따르지 않고 있다는 배덕감이 느껴진다고. 내 불편함이 뭐길래 이 작은 식물들을 쓸쓸하게 하는가 싶기도 하고. 나는 웃었다. 귀엽네요. 선하고 어리석은 사람만이 식물의 감정을 살핀다고 하더니. 그러면 처음부터 뒤섞여 나오는 샐러드는 어때요?

그건 바라는 모습이 아니야. 선배는 빈 와인잔을 다시 채우며 못박았다. 지난번에 이야기한 것처럼 예술에는 나름의 이상적인 형식들이 있잖아. 어설프게 비틀고 조롱하느니 그대로 두는 편이 우아하지. 형식에 대해 면밀히 이해하고 나서야 그것을 거부하거나 넘어설 수도 있는 거야. 하지만 난 샐러드에 대해 잘 모르니까. 샐러드의 형식을 이해하게 되려면 적어도 하루에 두어시간씩은 그것을 위해 시간과 마음을 내어야 할 테고. 적어도 몇년은 그 관심을 지속해야 할 거야. 하지만 나는 샐러드를 위해 그렇게까지 노력하고 싶지는 않거든.

하지만 선배, 각자 자신의 영역을 지키다가 경계를 허무는 것도 멋지지 않나요. 저는 그런 면이 오히려 샐러드의 장점이 될지도 모른다고 생각해요. 그리고 샐러드는 우리 삶에서 무척 자주 등장한다고요. 그럴 때마다 이런 무용한 고민에 빠져들 거예요? 차라리 시간을 내서 같이 배워보면 어떨까요.

그래. 다른 건 몰라도 이 콥샐러드는 정말 배워보고 싶어. 침범에 대한 분명한 자각 없이는 만들기 어려울 것 같거든. 경계선이란, 너도 알다시피 피아를 분명히 나누는 마음이잖아. 이렇게 선명한 분열들을 애써 조직해두고도, 정작 모두가 분별없이 접촉하는 이 무참한 형식 속에 던져두는 태도가 뭘까. 현대미술이 툭하면 시도하는 자기파괴이거나 만다라적 수행의 작은 실천은 아닐까 궁금하다는 거지.

가지고 싶다,고 생각했다. 선배가 가진 것을 모조리 나에게로 데려오고 싶었다. 샐러드라는 사소한 주제에서 자꾸만 세계의 본질을 찾으려는 선배의 태도가 성가셨다. 자신의 모름을 자랑하고 분석하는 말들이 오히려 그가 가진 샐러드에 대한 불안을 확인하게 했다. 나는 선배가 마시던 와인잔이 손에서 미끄러져 그의 블라우스에 엎질러지는 것을 상상했다. 적갈빛 액체가 바닥을 적시며 퍼져나가는 것을. 구분도 없이. 피아도 없이. 선배의 예술과 햄 조각과 경계심과 너무 많이 삶아진 계란 노른자와 유리조각이 뒤섞이는 것을. 이 상상이 얼마나 황홀한 배덕감을 주었는지 움켜쥔 손이 순식간에 끈적한 기운으로 차올랐다.

아무리 노력해도 이 문제는 해결되지 않을 거야…… 남은 생 동안에도 이렇게 샐러드 앞에서 견디는 일을 반복해야 하겠지. 그건 우리 같은 사람들이 계속해서 마주해야 할 문제기도 해. 반쯤은 지어낸 우울한 목소리로 선배는 말했다.

나는 슬픔으로 가득 차서 벌떡 일어났다. 아뇨, 제가 해볼게요. 지금 당장 만들게요.

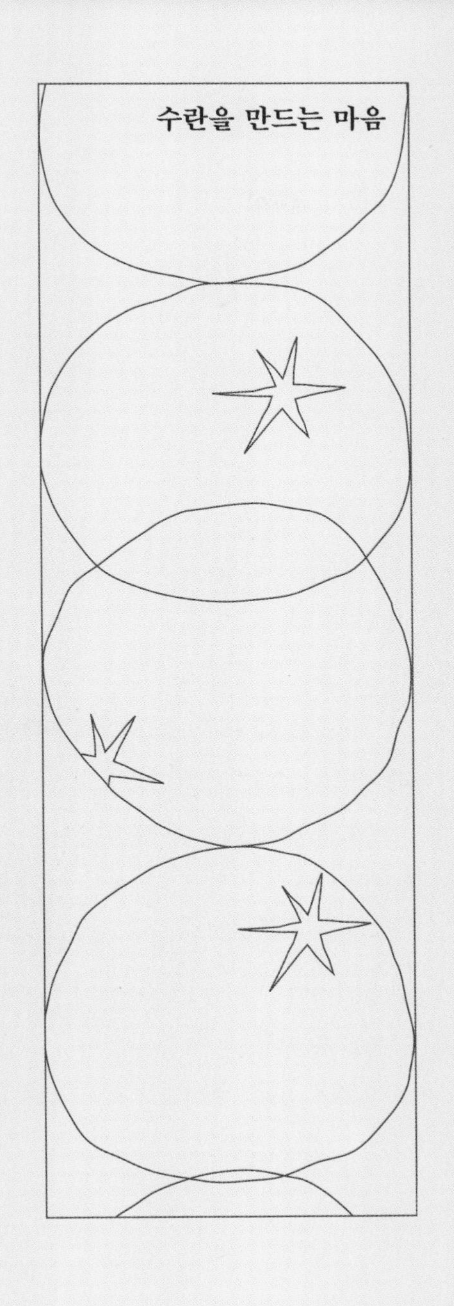
수란을 만드는 마음

수란을 터트리는 일은 아름답고, 은밀하고, 사랑스럽다.

수란은 어찌할 바를 모르고 흘러내리는 마음 같다. 우리의 마음 껍데기는 그만큼 얇고 연약해서, 조금의 손길만으로도 툭 놓치고 만다. 웃음도 눈물도 고여 있다가 끝내 '터진다'.

방금 만들어져 흰 김을 내뿜는, 연약한 한겹의 흰빛으로 둘러싸인 그 살을 조심스럽게 가르면, 샛노란 노른자가 넘치듯 흘러나오는 모습은 얼마나 관능적인가. 마치 체리가 올라간 컵케이크처럼 수란이 올라간 요리와 그렇지 않은 요리는 아름다움의 차이가 있다. 수란은 음식 위에서 끈적한 폭죽처럼 터지며 속내를 온통 뒤집어 보인다. 수란을 가르는 일이 어떤 종류의 쾌감을 준다면, 그 기쁨은 한 세계를 흩트려 그 내밀한 속까지 목격하고 있다는 전능함에서 나오는 것이다. 터지는 순간부터 흘러내리고, 틈과 사이를 찾아내 스며들어 단순한 가니시의 차원을 넘어서는 것 또한 수란의 매력이다.

하나의 알은 하나의 완전함이며 흐르기 전의 눈동자다. 그렇기에 껍데기를 깸으로서 알의 세계를 침범하려는 일은 불온하고 죄스럽다. 계란을 깰 만한 적당한 모서리를 가늠하며, 이종異種의 도형을 가르고 들어가 그 속을 마주할 자격을 묻는다. 지금 이 테두리를 부수지 않는다면 알은 부화할 것인가. 안쪽부터 썩어들 것인가.

깨지기 전의 알은 온통 그림자로 이루어져 있고, 그림자와 본체를 분리하는 것은 빛의 칼날이다. 태어나기 전, 그림자를 품에 안고 무중력과 함께 부유하던 시간. 그 안온하고 아름다운 꿈에서 깨어나며 얼핏 보았던 어둠의 균열을 떠올린다. 세계는 사실 밀봉된 어둠으로 이루어져 있었고 빛은 봉투를 가르는 페이퍼나이프에 불과했다. 그 두려운 깨달음을 이제는 알의 입장이 대신한다.

계란을 쥐어본다. 피부와 닮은 껍데기의 색이 손안을 채운다. 이 나름의 견고함을 부수어 마음이라 여기던 것에 몸을 만들어줄 것이다.

수란을 만들기 위해서는 계란 외에도 물, 불, 소금, 냄비, 그리고 회오리가 필요하다. 물이 끓으면 불을 낮추고 젓가락이나 숟가락으로 냄비를 빠르게 휘젓는다. 순간의 깊이. 계란 껍데기에 금을 낸 뒤 뜨거워진 수면에 최대한 가까이 붙여 깨트려준다. 알은 잠기는 순간 수면을 온통 찢

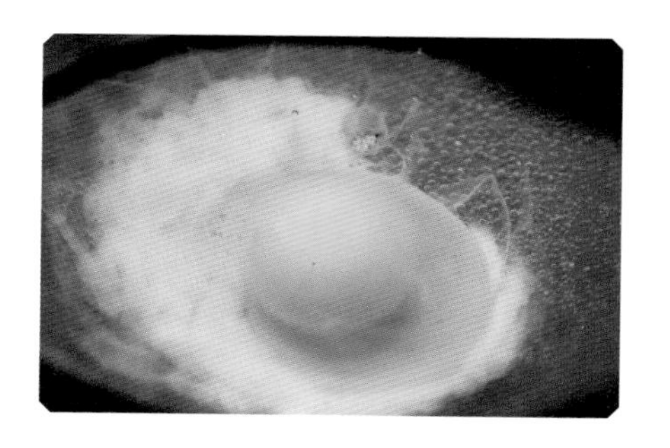

어진 베일로 흩어놓는다. 퍼져나가는 안개. 작은 회오리의 중심을 휘도는 눈보라. 나는 이 순간의 느낌을 '도로시의 집'이라고 부른다. 폭풍에 휘말려 집과 함께 마법의 나라로 떨어진 『오즈의 마법사』 속 도로시처럼, 냄비에 휘몰아치는 작은 회오리 속에서 수란은 점차 형태를 얻어간다. 방금 세탁한 커튼을 펼쳐 널고 창밖을 내다보듯, 흐려진 수면 밑에서 익어가는 모습을 세밀하게 관찰하는 시간이다. 물의 칼날이 퍼트려진 레이스 치맛자락을 난도질한다. 창백해지며 믿을 수 없다는 듯 요동치는 마음. 투명하던 겉면이 서서히 희게 굳어갈 때. 안쪽이라 여기던 것 속에 또다른 속내가 있었음을 알게 될 때.

수란을 만들며 마음에 대해 생각하는 것은 또한 불온

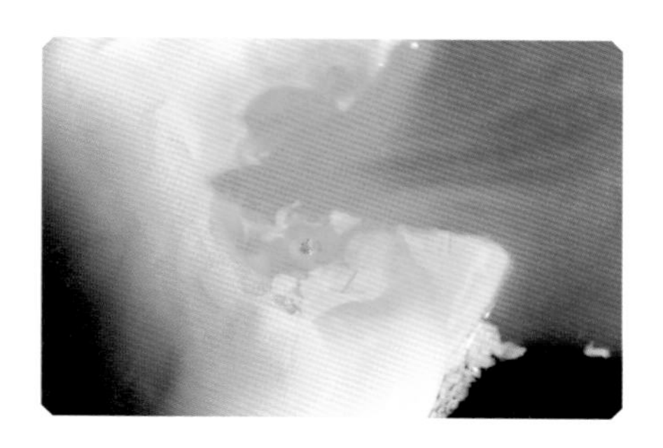

하다. 결국 서로를 침범하며 상대에게 자신의 색을 묻히고 마는 것이 마음의 속성이라면, 수란이 품고 있는 것은 일종의 비밀과 폭로의 경계이다. 다 들켜버리는 열림과 필사적으로 감추고 있는 닫힘이 얽혀들며 출렁일 때, 그것을 수란의 마음이라고 불러본다.

수란을 건져내는 일은 위태롭고 안타깝고, 수란이 터지는 것은 슬프고 안쓰러운 일이기도 해서, 최대한 다치지 않도록 조심히 건져 한 김 식혀낸다. 방금 건져낸 수란은 불안하고 따듯하게 출렁인다.

이제 막 태어나는 중인 고백처럼.

여름의 무른 눈가들

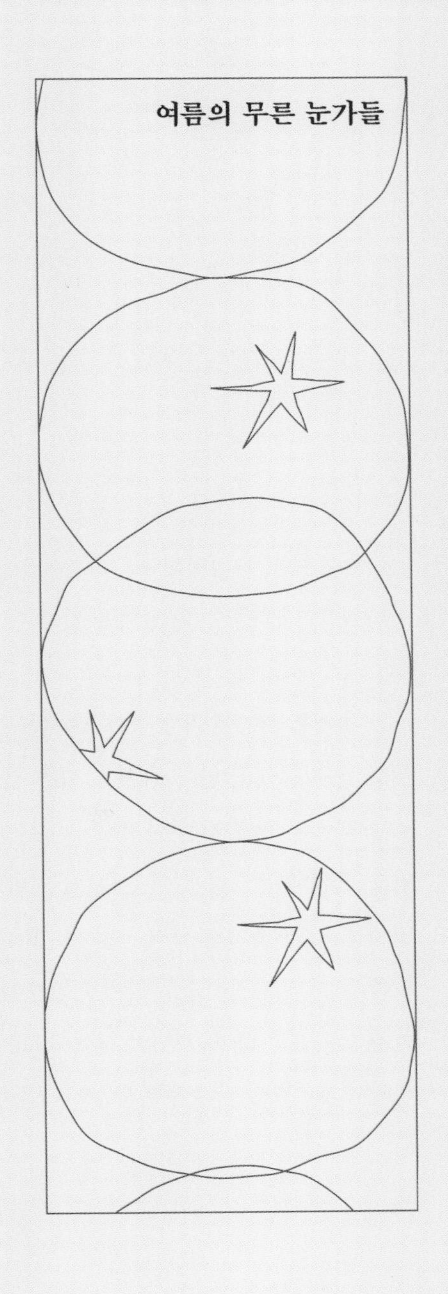

속수무책과 엉망진창.

때로 여름은 이 두 단어를 완성하기 위한 계절 같다.

늦여름 시장에 가면 플라스틱 바구니에 쌓인 과일들을 제법 싼 가격에 만난다. 대체로 작은 산처럼 쌓아올렸거나 비닐 팩에 담겨 있지만 다치거나 멍든 과일들은 따로 모여 박스 한켠에 웅크려 있다. 여름의 밑바닥에서 짓물러가는 열매들. 그 모습이 안쓰러우면서도 묘하게 매력 있어서 과일을 살 때면 습관적으로 떨이 과일들이 모여 있을 만한 구석을 살피곤 한다. 뭉개지며 순해지고 썩어가는 끝물. 이건 서서히 젖어가다 달게 무너지는 자리들에 대한 이야기다.

퍼져나가는 달콤함. 복숭아를 생각하면 조금만 스쳐도 멍들 준비가 된 육체 같고 언제든 손목을 타고 흐를 소문 같아서 극도의 예민함과 자포자기의 마음이 한꺼번에 밀려온다. 가느다란 솜털을 잔뜩 세우고 웅크린 작고 유약한 짐승. 아름답거나 무너지거나. 완벽하거나 망가지거나. 두가지 선택지만 있다는 듯이. 복숭아의 이분법에는 완벽주의자들의 강박 같은 단호함이 느껴진다.

발목을 만져보면 흘러나오는 오래된 과일의 기억. 언젠가 우리도 떨어져 멍든 복숭아였던 적이 있겠지. 복숭아는 우리가 몸속에 지니고 태어난 이름이기도 하니까. 복숭아뼈,라는 말은 듣기에도 참 예뻐서 발목의 씨앗에서 나무가 자라나오는 장면이 그려진다. 상처의 중심을 감싸며 향과 빛이 모여들 듯 복숭아뼈에 휘감겨 소용돌이치는 시간과 걸음. 살과 뼈가 부대끼는 아픔과 서글픔.

멍든 자리를 들여다보면 어쩜 그렇게 예쁜 색이 몸 안에 숨어 있었을까, 놀랍고 신기한 마음이 든다. 몸이 아픔에 대항할 빛깔을 켜둔 것처럼. 멍은 으깨진 과육을 딛고 나아가는 뿌리 같고 통증을 감아두었다가 새로운 색을 풀어내는 실타래 같다. 그래서인지 도화살이나 도색桃色 같은 말에는 어딘지 불안한 아름다움이 깃들어 있다.

물복숭아와 딱딱한 복숭아 중에서 고르라면 나는 '한 입 베어 물면 입술부터 팔꿈치까지 과즙이 흐르는' 물복 중의 물복을 택하겠다. 참았던 빛을 쏟아내는 물복만이 가진 파괴력 있는 폭발은 여름의 명장면 중 하나니까. 어쩔 수 없이 끈적이고 흘러넘치는 여름 마음.

물복숭아를 생각하면 떠오르는 사람이 있다. 오래전에 함께 시를 쓰다가 지금은 연락이 끊어진 언니. 집들이 자리에서 취한 채 물크러진 백도를 베어 물며 “이거 봐, 장난 아니지. 난 이런 게 좋아”라고 말하던. 끊어질 듯 이어지며 손목을 타고 흐르던 과즙과 발효되어 술에 가까워진 향은 언니가 쓰던 위태로운 시들과 닮아 있었다. 언니, 그 이후로 나도 물복이 좋아졌어요. 진심으로 엉망과 진창을 사랑하기로 했거든.

*

무화과에게도 쌓아둔 불꽃이 있겠지. 깊이 존경하던 스승을 떠올리는 늦여름이다. 학교의 호숫가를 걸으며 선생님은 오래된 설화들을 이야기해주셨다. 노힐부득과 달달박박, 두 승려에게 주어진 유혹에 대한 이야기. 밖으로 유혹을 떨치는 것이 아닌 안으로 뜨겁게 품는 아니마anima에 대해. 나는 이 이야기가 꼭 익어가는 무화과 같았다.

나무에 매달려 부풀어가는 열매는 아래쪽에 조금씩 붉은 기운이 돌 때 수확하여 후숙한다. 제철과일 중에 찾기도 드물고 여름 중에도 반짝 한때라 어쩌다 마주치면 반가워서 꼭 사게 된다. 잘 익은 무화과는 밑이 터진 것이 대부분이기에 보통 쌓아두기보다는 흰 스티로폼 박스에 가지런히 담겨 있다. 아주 잘 골라도 작은 박스에 한두개는 곪거나 썩어가는 중인데, 그런 무리일수록 전체적으로는 더욱 잘 익었다는 표지로 생각하곤 한다.

꽃 피우지 않는다 해서 무화無花라지만 속을 들여다보면 이만큼 화려한 과일도 없다. 반으로 갈라보면 절단면을 따라 고이는 흰 피. 몸의 중심을 향해 헤엄치며 몰려드는 씨앗들의 와중이다. 반으로 가른 무화과와 리코타 혹은 마스카포네 치즈, 꿀을 얹으면 사랑하는 '여름 삼합'이다. 부드럽게 뭉개지는 무화과의 식감과 치즈의 고소함, 꿀의 진득한 달콤함이 어울려 끈적하고 녹진하게 감기는 최상의 조합이다. 자주 만들고 싶지만 잘 익은 무화과와 미리 만들어 숙성시킨 치즈가 한자리에 있기 어렵기에 여름 삼합을 함께 나눌 자리도 드물고 귀한 편이다.

열매와 씨앗과 꽃을 한 몸에 지녀 무화과는 늘 어수선한 채 아름답다. 무화과는 밀이나 보리 같은 곡식보다도 먼저 지구상에 나타났다고 한다. 그만하면 꽃을 피워볼 궁리를 했을 법도 한데 꾸준히도 비슷한 형상으로 번식하고 있다. 유혹과 자비를 구분하지 않은 노힐부득처럼. 생각해보면 우리도 어떤 순간이 꽃이고 어떤 순간이 열매인지 모른 채 살아가는 중 아닐까. 뒤섞이고 얼크러진 채 엉겁결에 아름다울 뿐.

함께 호숫가를 걷던 스승은 너무 일찍 병을 얻어 돌아가셨다. 노힐부득의 심장에 일던 불길, 스승의 작은 몸에 깃들어 있었을 생각과 마음. 드러내며 동시에 감추어야 하는 열정과 사랑에 대해 생각한다. 무화과를 자르면 나타나는 불꽃의 형상처럼. 마음을 두고 먼저 떠나가야 하는 몸처럼.

*

과일 가게에서 상하기 직전의 자두를 얻어온 적이 있었다. 부주의하게 들고 다닌 탓에 검은 봉지 밑으로 터진 자두의 붉은 빛이 뚝뚝 흘렀다. 이렇게 정신없이 출렁이는 마음을 만난 적 있다. 자신이 누구인지도, 내가 보고 있는 것이 무엇인지도 모른 채 피아가 뒤섞이는 순간. 엉망으로 터져 수습하기도 어려운, 몽롱하고도 어이없이 휩쓸리는 한때. 차마 외면할 수 없는 진물들.

짓물렀다는 건 너무 길게 머물렀다는 뜻일까, 눈가가 짓무를 만큼 울었다는 건 그만큼 슬픔을 지속했다는 뜻이므로. 가야 할 때가 지나서도 좀처럼 일어나지 않는 눈치 없는 손님처럼. 혹은 애써 붙들어둔 사랑이 고이고 머물다 점차 눈빛을 잃어가듯이. 지나치게 오래 곁을 내어준 시간이 욕창처럼 시들어 썩어간다. 무너지는 중인 것. 오래 껴안아 짓무르고 만 것. 피워내지 못하고 안으로 영글어 맴도는 상념들. 말하자면 여름이 데려와 풀어놓은 무책임을 사

랑하여 속모를 검정 봉지 같은 마음이 매번 흥건해져 흘러 간다. 어쩔 도리 없이 물러버린 여름의 눈가들에게로.

라자냐의 갈피

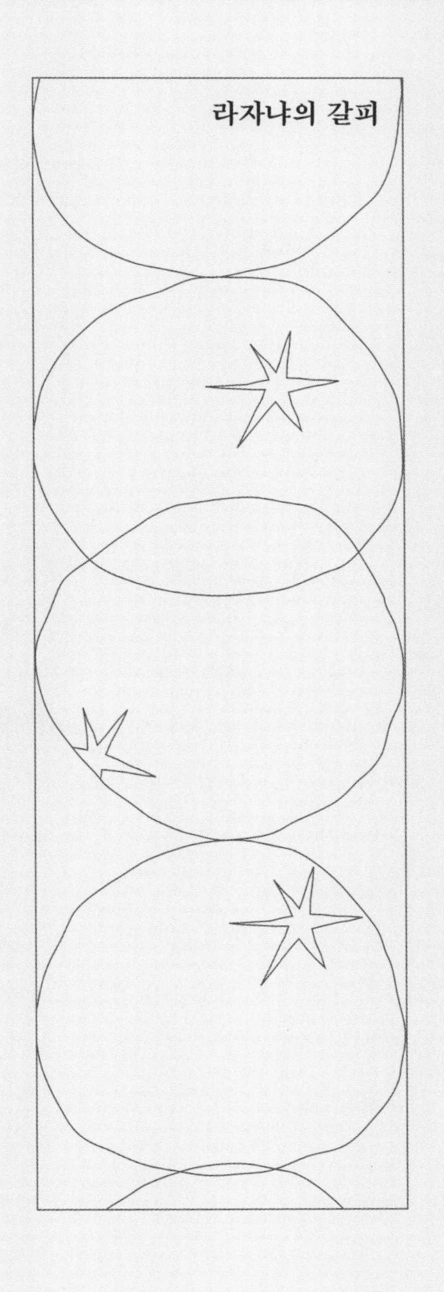

층층과 겹겹. 차곡차곡 쌓아올린 생각의 단면.

라자냐는 지층의 시간을 떠올리게 한다. 오래전 과학 시간에 만났던 빨강과 검정, 노랑과 파랑, 초록과 보라가 차곡차곡 포개져 있던 고무찰흙과도 같은. 그것들을 겹쳐 손아귀에 힘을 주며 뒤틀어지는 지구의 내부를 만들었다. 정합과 부정합. 땅 밑에 어떻게 그처럼 거대한 손이 있어 지층을 누르고 밀고 뒤흔드는지 알 수 없었다. 또한 어떻게 그처럼 화려한 색깔들이 검고 칙칙한 이 흙 밑에 존재할 수 있는지를. 어긋난 단층을 만들기 위해 색색의 반죽을 칼로 자르면 나타나던 아름답고 기이한 무늬. 그것을 지구의

단면이라 배웠다. 겹겹으로 쌓인 지층은 지구의 일부답게 짙은 석유 냄새를 풍겼다. 그때 나는 세상을 생일 케이크처럼 조각내고 웃던 작은 신이었다.

넓고 편평한 세계. 켜켜이 쌓인 세계. 서로 겹쳐지며 하나의 내용을 만들어내는 형식들. 때로 우리는 그런 것들을 필요로 한다. 패턴과 겹에 대한 타협 없는 선호는 정밀한 구조물이나 잘 만들어진 책에서 만나볼 수 있다. 파울로 모넬리Paolo Monelli는 라자냐의 서책書冊적 특성을 단박에 알아보았던 모양이다. 그는 "어떤 책도 볼로냐의 라자냐만 한 가치는 없다. 그 맛난 페이지들을 넘길 때마다 (…) 우리의 삶을 행복하게 하는 시가 울려 퍼진다"*Il Ghiottone Errante*, 1935라는 찬미의 글을 썼다. 이탈리아어로 라자냐lasagna는 단수명사로서 파스타 한장을 의미하며 복수명사인 라자네lasagane가 올바른 표현이다. 파스타들. 하지만 때론 한장의 단면만으로 책 한권이 설명되기도 하기에.

라자냐의 페이지들을 생각한다. 차곡차곡 쌓여 하나의 덩어리를 이루는 책의 두께. 잘 구워져 넘쳐흐르는 글자들을 생각한다. 페이지를 찢어 삼키면 그 의미들이 흡수된다고 믿은 적도 있었다. 글자에 중독된 자로서, 먹을 수 있는 책을 만들어 직접 썰어 맛을 본다는 것이 얼마나 큰 만족을 줄 것인가.

이러한 이유들로 라자냐를 만들기로 한 날이면 나는 까다로운 제본사의 마음이 되어 책의 첫 페이지를 도마에 얹는다. 한때 '를리외르'Relieur를 꿈꾸었던 적이 있다. 예술 제본사인 를리외르는 고서나 파손된 책, 떨어져나간 페이지들을 엮어 보수한 후 꿰매고 아름답게 꾸미는 직업이다. 라자냐를 만드는 것 역시 를리외르의 자세와 다르지 않다. 그것은 갈피와 사이를 짐작하는 일이며, 하나의 층마다 새로운 색을 부여해주는 작업이며, 전체적인 밸런스와 단면

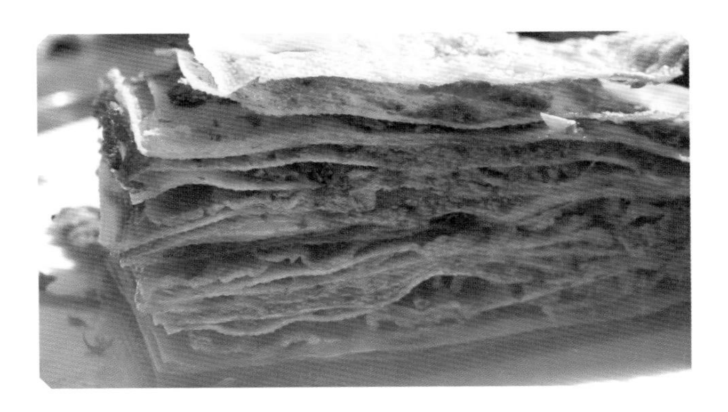

의 아름다움까지를 고려해야 하기에 극도로 세심해져야 하는 시간이다.

내가 생각하는 가장 종이에 가까운 재료는 눌러서 말린 건두부다. 중국 식재료 가게에서 흔히 살 수 있는 건두부는 재생종이나 고서들의 재질과 닮았다. 은은한 미색. 다소 울퉁불퉁한 표면. 두텁고 단단하고 푸석한 질감. 접혀서 포장된 건두부를 하나하나 떼어낼 때 나는 소리를 좋아한다. 그 소리는 새로 산 책을 처음 펼칠 때 나는 소리와 닮았다. 글자로 옮기기 어려운 미묘하고 빠근한 소리. 아마도 책의 첫 기지개. 딱 한번밖에 들을 수 없는 첫 만남의 소리다.

종이가 나무에서 왔다면 두부는 콩에서 왔다. 덩굴을 이룬 콩의 군락에서 꼬투리를 따와 삶고 분쇄하고 모양을 잡아 물기를 빼고 또다시 얇게 눌렀을 공정들을 하나하나 떠올려본다. 소란하고 부산스러운 덩굴을 이루던 것들이 점차 과묵하고 고요한 하나의 백지로 변해가는 과정을. 말린 식물들 위에 글자를 적고 그것을 엮어 책으로 만들어내

는 일이 문득 기묘하게 생각된다. 종이 위로 서성이는 나무의 기척, 건두부 위에 포개어지는 생콩의 기억. 그런 고려와 함께 한권의 먹을 수 있는 책을 만들어볼 것이다. 한장의 평면이었던 생각에 겹과 갈피를 만들어 새로운 두께와 부피를 얻으려.

동그라미 수집가

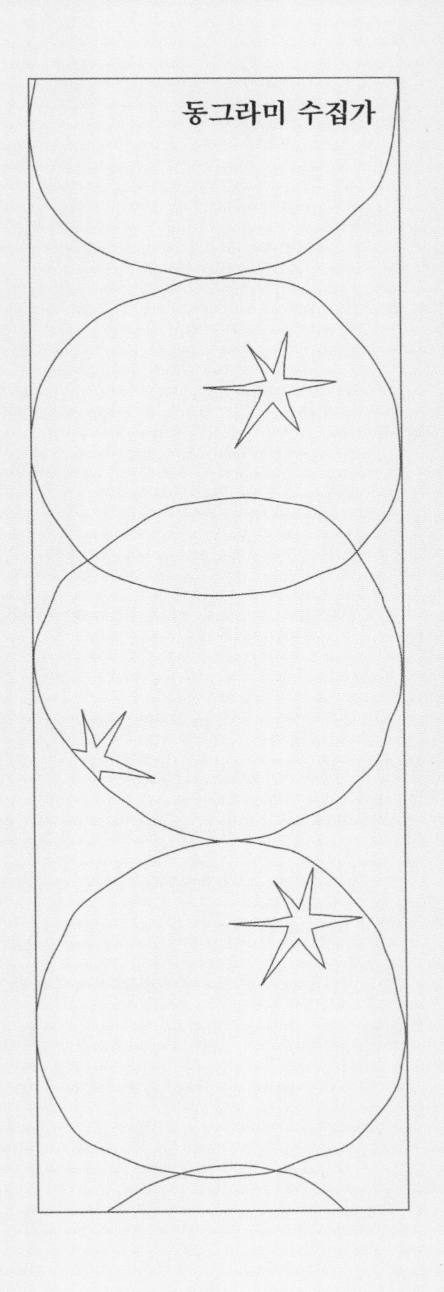

To toss or to stir up.

가볍게 섞고 휘저으며 소용돌이치는 모양으로.

토마토, 가지, 호박, 토마토, 가지, 호박. 포개지며 나아간다. 서로의 음을 건네받으며 이어지는 돌림노래. 징검다리가 적당한 간격으로 넓은 보폭을 유도한다면 라따뚜이는 서로에게 쓰러지듯 기대어 궤적과 무늬를 그려내는 둥근 도미노들이다.

라따뚜이는 파티 때마다 거의 빠트리지 않고 내놓는 애착 메뉴다. 특히 초대 손님 중에 채식 하는 이가 있다면 한층 신경 써서 비건으로 만든다. 고기 등의 무거운 메뉴가

많은 코스에서 라따뚜이는 쉬어가는 페이지와 채소 분야를 담당한다. 라따뚜이라는 특이한 어감의 이름은 '섞이다, 휘저어지다'라는 뜻의 프랑스 방언 라타톨라ratatolha와 투이예touiller에서 비롯되었다. 우리로 생각하면 '섞어찌개' 같은 느낌의 이름이고 실제로 자투리 채소들을 처리하기 좋은 요리이기도 하다. 전통적인 방식은 모든 재료를 썰어 넣고 스튜처럼 끓여내는 것이지만 나는 모양을 살려 만드는 것을 좋아한다. 재료들을 얇게 겹쳐 굽는 것. 애니메이션을 통해 널리 알려진 방식으로 콩피 비알디Confit byaldi라 부른다. 만들기는 더 번거롭지만 재료들의 원原, ㅇ형이 색색으로 겹쳐진 모습이 식탁에 주술적이고 화려한 무늬를 새겨 준다.

이 요리를 만든 후 번져오는 기분은 안정감에 가깝다. 나는 라따뚜이에서 어떤 균형 잡힌 질서, 안전한 이어짐, 미래에 대한 확신, 아니면 적어도 지나온 일들에 대한 후회 없는 마음 같은 것을 바라는 듯하다. 동그라미들을 잘 이어 붙여 이상적인 장면을 완성하면 신기하게도 조금쯤 안심이 된다. 혼돈으로 뒤섞인 우주에서 별들이 나름의 질서를 획득하듯 무질서로 가득한 이 세계가 알맞은 모습을 찾아가리라는 믿음. 생각대로 움직여주는 은하계가 나에게도 하나쯤 존재하리라는 든든함.

전면에 나선 재료는 채소들이지만 아래로 펼쳐진 소스의 맛이 중요한 요리라 이삼일 전에 미리 라구소스를 만들어둔다. 양파 세개, 토마토캔 두개, 방울토마토 열개, 샐러리, 다진마늘, 국간장, 메이플시럽, 딱딱하게 굳은 덩어리 치즈. 버섯이나 생크림을 조금 추가해도 좋다. 라구에는 보통 다진 고기를 넣는데 채식으로 만들 때는 으깬 두부나 삶은 렌틸콩을 넣어 식감과 맛을 보충한다. 양파를 얇게 썰어 캐러멜 색이 날 때까지 볶고, 나머지 재료를 모두 넣어가며 끓인다. 휘저어진 채소들. 세시간 정도 끓인 소스를 병에 담아 냉장고에서 최소 하루 이상 재운다. 다시 보니 재운다는 말이 참 다정하다. 방금 만든 라구가 더 신선하고 맛있을 것 같지만 의외로 그렇지 않다. 소스 입장에서 생각해보면 갑작스럽게 자신의 의사와는 상관없는 조합으로 뒤섞인 셈이니 서로를 받아들이는 시간이 필요하고 그것을 우리는 숙성이라고 부른다.

애호박과 가지를 썰어 동그라미들을 발굴해야지. 잠

GHOST PINES
CHARDONNAY

자던 소스 위에서 채소들도 겹쳐지며 섞여들게 될 것이다. 보통 세가지 정도의 다른 채소를 쓰는데 서로의 색이 다를수록 더 조화롭고 보기 예쁘다. 비좁은 공간에서 저글링을 하듯 순서를 어기지 않도록 조심하며 하나씩 겹쳐 놓아준다. 호박, 토마토, 가지, 호박, 토마토, 가지. 오롯하게 자신의 외양을 지키던 채소들이 다르면서도 닮은 단면이 되어 합쳐지는 모습을 좋아한다. 맞잡아 함께 둥글어지는 순간. 위에서 바라보면 꼭 강강수월래 같다. 원무. 달의 춤. 앞소리에서 뒷소리로 이어지는 물결. 손과 손의 만남. 서로를 이해하고 지지하는 비밀스러운 연대. 연결되어 있음을 확인하는 동그라미. 빛의 흐름을 만들기 위해 궤도를 도는 일의 아름다움을 생각한다.

다른 말에 비슷한 말을 덧대며 언어에 언어를 기대며 나아가기. 앞의 문장에 걸쳐 있으면서도 전혀 다른 문장일 것. 한 자리를 맴도는 듯 보이지만 조금씩 다른 각도와 빛깔로. 반복이지만 반복이 아닐 것. 계속해서 꼬리를 물다 제자리에 도착하는 여정. 그건 회문回文이나 회전목마를 닮았다. 태양계라는 거대한 회전목마에서 줄지어 돌아가는 행성들처럼. 라따뚜이를 만들다보면 신은 무척 열성적인 동그라미 매니아, 항성 수집가였다는 가설을 세워볼 수밖에 없겠다. 겹쳐지며 뜨거워지는 이 작은 소용돌이가 안드로메다 은하처럼 오븐 속에 잠겨 회전할 때.

꽃에게 색을 빌리는 기쁨

여름의 끝자락에 약속된 큰비가 밀려옵니다. 엄청난 기세로 물줄기가 지붕을 두드리고, 창문에는 빗물이 투명한 커튼처럼 넓게 흘러 드리웁니다. 지붕에 덧댄 합판을 타악기처럼 두드리는 비. 빗방울 하나하나가 작고 가벼운 드럼스틱이라면 이 두서없는 연주들이 모여 소리로 진군하는 악대를 이룰 듯합니다. 흐르며 나아가는 노래들. 그러고 보면 음악과 물이 '흐른다'는 표현을 공유하는 것은 빗소리에 높이와 악기가 뒤섞여 있다는 사실만큼 새삼스럽네요. 하늘과 가까이 맞닿은 곳인 옥탑은 비의 방문을 가장 먼저 반길 수 있는 장소지만 동시에 무척 취약한 점도 있습니다. 벌써 현관 쪽에서 물이 새기 시작합니다. 상습적인 곳이에요. 지난번 장마 때 침수되어 곰팡이가 슬었던 부분이 또 축축하게 젖었습니다.

비가 멎은 뒤의 옥상은 물과 시간이 뒤엉킨 흔적으로 소란스럽습니다. 새로 심은 쑥갓과 치커리는 처음 겪는 큰물에 놀라 쓰러져 있습니다. 일부러 세워줄 필요는 없겠지요. 그것 또한 갑작스러운 비처럼 실례가 될지도 모릅니다. 길게 자라난 도라지들도 애써 피운 보라색 꽃이 무색하게 바닥을 향해 기울었네요. 안쓰럽지만 모른 척하기로 합니다. 볕이 들고 잎사귀에 얹힌 물방울이 마르면 알아서 고개를 들고 몸을 추스를 것입니다.

작년에 심었던 자리에 다시 자라난 봉숭아도 꽃을 꽤 떨궜습니다. 통통한 줄기를 따라 줄지어 채도 높은 분홍 꽃이 그래도 아직 많이 달려 있습니다. 떨어진 꽃이 아까워 주워 모으다가 조금 이르지만 봉숭아물을 들여야겠다는 생각이 들었습니다. 지난여름에 사둔 백반이 평생 써도 다 못 쓸 만큼 남았거든요.

봉숭아 물을 '들인다'고 표현하는 것은 방이나 집

에 손님을 들이는 일처럼 정중하고 조심스럽습니다. 낯선 색을 초대하자니 조금 어색하고 서투르기도 합니다. 두 손 가득 따서 씻어 말린 꽃잎은 작은 절구에 담아 백반과 함께 빻으면 금방 숨이 죽어 한줌도 안 되게 줄어듭니다. 나무 공이에도 금방 붉은 빛이 물들었습니다. 으깨진 꽃 반죽을 손가락 끝에 올리면 지염指染, 손가락을 물들인다는 옛말이 떠오릅니다. 다른 표현인 조홍爪紅도 좋아합니다. 손톱 위의 주홍. 꽃의 색을 살에 더하며 우리는 잠시나마 식물에 다가갑니다. 그건 꽃에게서 문법을 배워 여름에 관여하고자 하는 오래된 놀이이자 겨울 첫눈에 미리 보내두는 초대장입니다.

열 손가락을 잎으로 매듭지어 흰 실로 총총 묶은

뒤 드는 잠을 봉숭아잠,이라고 불러도 좋겠습니다. 봉숭아잠에 들어야지, 봉숭아에로 들어가야지, 누워서 되뇌다보면 물드는 것과 잠드는 것이 같은 초대의 세계에 속하는 것이 문득 낯설어지기도 합니다. 봉숭아 물을 들이면 손가락에 스민 붉음이 꿈길을 밝힌다고 합니다. 저승에서도 보인다는 꽃빛을 따라 어두운 밤의 귀퉁이를 걷다보면 작은 등을 켜든 것처럼 환해진 손가락들. 분홍이 노 젓는 배에 몸을 실습니다. 새로 얻은 색들이 이끄는 여름 물길이 일렁입니다. 아리게 들뜨며 퍼져가는 환한 잠입니다. 몸에 큰물이 들어오려는지 세찬 물결이 손끝마다 휘몰아칩니다.

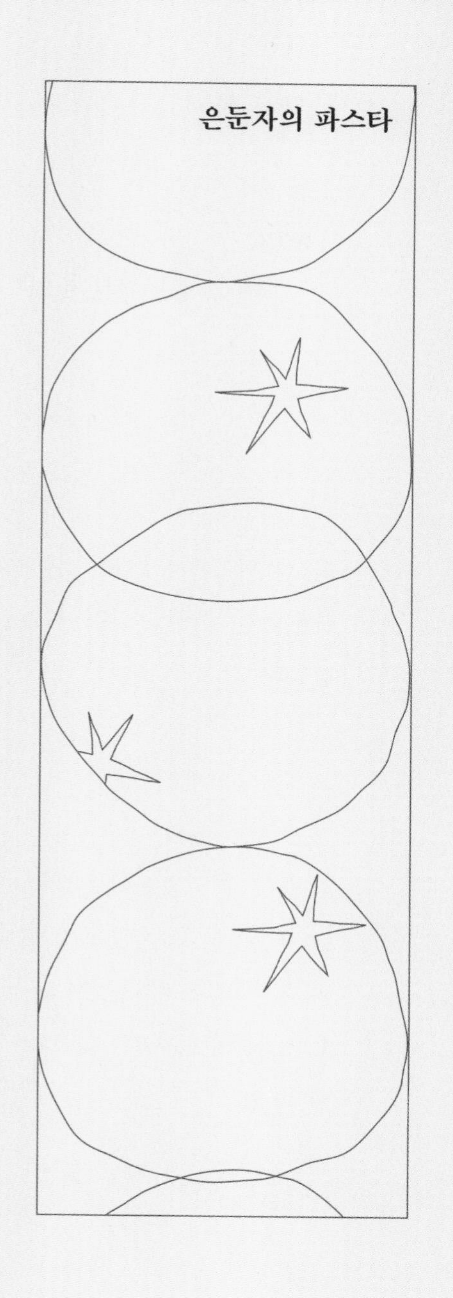
은둔자의 파스타

표정의 안쪽에서 빛나는 수줍음이나 오래 품어 아름다운 동경, 숨어 있어 은근하고 슬프기에 비밀스러운 감정들.

그런 거 좋아해요.

숨기면서 조금쯤 들키고 싶고 자랑하려 꺼내놓는 순간 약간은 창피해지는. 반갑게 껴안지만 고개의 방향이 같을까봐 두려워하잖아. 소라처럼 말려 들어간 마음의 안쪽이 간지러워져. 품이 서로에게 겹쳐지며 환해지듯이.

소라게를 주인공으로 짧은 동화를 쓴 적이 있다. 조용하고 두려움 많은 소라게가 해변가를 걷다 소라를 바꾸어 이사하고 다른 소라게를 만나 잠시 산책하다 돌아와 잠드는 하루 동안의 이야기다. 바깥세상과의 교류가 익숙하지 않은 소라게는 매 순간 최선을 다하지만 무섭고 힘든 일들의 연속이다. 소라게는 더 큰 소라를 골라 집을 옮기려 하지만 쉽지 않고, 어쩌다 만난 친구는 냉랭하다. 여러 노력 끝에 어느덧 밤이 되고, 소라게는 겨우 찾은 자신의 보금자리인 소라 속에서 잠을 청한다. 마지막 장면은 이런 독백으로 끝난다. "혼자 잠드는 방이야. 다행인 밤이야."

마지막 문장을 쓰면서 나는 오래 쓸쓸했던 어린 시절에 말을 건네고 있었던 것 같다. 왜 다행이라고 적은 걸까. 시간이 지나 다시 들여다보니 그의 다행은 철저한 혼자됨과 연관되어 있었다. 집으로 돌아와 불을 끄고 어둠에 잠길 때, 다시 자신을 되찾은 것 같은 다행함. 세상을 향해 산산이 흩어져 있던 존재의 조각들이 다시 퍼즐처럼 맞춰지는 안도감.

소라게의 영어명은 'hermit crab'. 번역하자면 '은둔자게'다. 우리나라에 비해 직관적이고 음울한 느낌을 주는 작명이지만 소라게의 특성을 잘 표현해주는 것 같다. 은둔이라는 말이 지닌 자발적 외로움, 소중히 닦아 가지기로 한 그리움, 두려움과 쑥스러움 같은 '-움'의 감정이 집약된 말 같아서. '움'이 붙은 말들은 견고하지도 못한 울타리를 친 뒤 그 속에 웅크리고 있는 작은 아이 같다. 서러움, 부끄러움, 안타까움 같은 말들을 무릎 사이에 껴안고서.

"집에 있어도 집에 가고 싶으니까요. 안쪽에서 안쪽을 향해 더 깊어지려고 우리는 바깥에서 집으로, 집에서 방으로, 방에서 침대로, 침대에서 이불로, 이불에서 웅크린 품으로, 자신의 품 안에서 눈을 감고 더 비좁은 공간 속으로 스스로를 구겨넣는 거죠."

동화를 쓴 기념으로 그림을 맡아줄 언니와 저녁을 함께하려 만든 것이 이야기 속 소라게를 모티프로 한 파스타였다. 내가 선택한 면은 커다란 소라 모양에 속을 채워 넣

으면 작은 만두처럼 보이는 것으로, 콘킬리에Conchiglie라고 부른다. 조개 모양의 파스타면을 통칭하는데 그중에서도 겉면에 이랑이 파인 콘길리에 리카테는 주름 잡힌 표면, 부드럽고 우묵하게 파인 안쪽 면이 특징이며 그 어떤 파스타보다도 소스가 많이 묻는다.* 오목한 안쪽이 숟가락이나 작은 종지처럼 생겨서 소스가 아예 담기는 형태. 면이 두꺼운 편이라 보통 가벼운 토마토소스나 크림소스로 볶아내듯이 요리한다.

'은둔자의 파스타'는 안쪽에 소스를 바르는 것이 아니라 면 자체에 속을 채워넣는 방식으로 만드는데 겉에서 보

---

* 카즈 힐드브란드·제이콥 케네디 『파스타의 기하학』, 차유진 옮김, 미메시스 2011, 76면 「콘킬리에 리가테」 참고.

이지 않는 맛의 레이어가 느껴지도록 설계한다. 제일 안쪽에 토마토페이스트나 바질페스토 등의 맛이 센 소스를 넣고 리코타치즈나 콩 발효음식인 템페 등의 부드러운 재료로 덮는다. 마무리로 토마토소스나 방울토마토를 올려 장식한다. 메추리알로 수란을 만들어 위에 얹거나 감바스처럼 새우를 넣고 만드는 등 다양한 방식으로 만들어보았는데, 안쪽까지 비밀스럽게 들어찬 맛. 무표정 뒤에 숨겨둔 연약함 같은 이면들을 생각하며 만든다.

소라게에 대해 생각하다 문득 한 단어가 떠올랐다.

〔움ː〕 명사: 땅을 파고 위에 거적 따위를 얹어 비바람이나 추위를 막아 겨울에 화초나 채소를 넣어두는 곳.

움집, 움막이라고도 부르는 이 임시 주거지는 낡은 지푸라기로 뒤덮인 작고 쓸쓸한 장소다. 정말 소라게와 비슷한 구조와 형상을 가졌구나, 무엇이든 붙들고 낮아지려는…… 따듯해지고 싶은, 안심하고 싶은 두려운 등이구나. 안쓰러움, 두려움, 서러움. '움'이라는 말이 가진 비좁음과 슬픔을 건축으로 표현한 것 같았다. 우리 심장의 뒤켠에 하나쯤 있을 법한 곳.

"우린 모두 작은 지붕을 이고 사는 소라게잖아. 펼쳐놓고 드러내기 어려운 생각들을 껴안고 세계를 향해 잠시 손을 내밀지. 그러다 화들짝 두려워 손을 거두고 자기만의 소라 안으로 도망가는 거야. 절대 벗지 않을 슬픔의 성벽이지."

움을 짊어진 말들과 소라게와 움집이 연결되어 생각의 울타리가 완성된 것 같았다. 노트를 펼쳐 쓰기 시작한다. 외롭고 어두운 소라 속에 웅크려 자신의 품속으로 기어이 들어가려는 아이에 대해. 눌러 쓴 글자의 움막 속에 나의 작은 소라게가 숨어든다. 그 어떤 고백보다도 더 많은 속내를 담아내기 위해서.

이제 두렵지 않니?

아직 두려워.

알아.

나도 그렇거든.

반가웠어.

그럼, 잘 자.

좋은 꿈 꿔.

.

.

.

오늘은 조금

지치는 하루였어.

혼자 잠드는 방이야.

다행인 밤이야.

—「소라게 이야기 Hermit crab's story」 부분

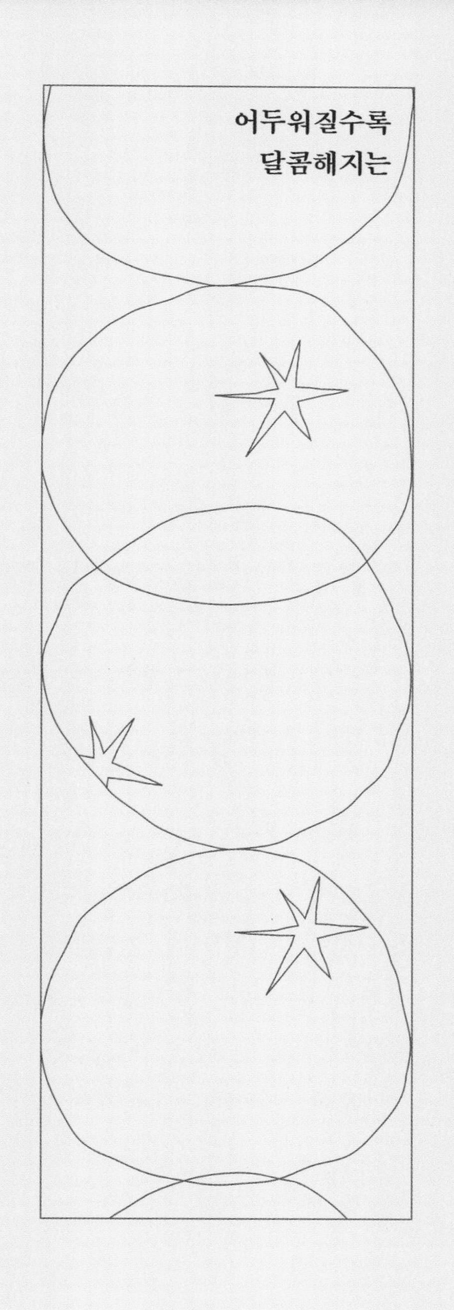

어두워질수록
달콤해지는

보름에서 반달로, 반달에서 초승으로, 초승에서 그믐으로.

양파를 썰어 희고 연약한 낮달들을 연이어 발굴하는 일은 맵고 또 달다.

양파를 감싸고 있는 살구색 셀로판지를 벗기면 얇고 투명한 속커튼 같은 껍질이 있다. 그 속껍질을 벗겨내는 순간을 좋아한다. 정확히는 껍질과 흰 속살이 서로 미끄러지며 분리되는 느낌이 좋다. 물집을 터트리는 일처럼, 양파를 손질하는 촉감은 불온한 쾌감을 준다.

오랜 시간 양파는 눈물의 채소였다. 울고 싶은 사람이

항상 양파를 써는 건 아니겠지만. 양파는 쪼개지며 슬픔의 작은 알갱이들을 내뿜는 것일까. 눈물을 부르는 채소. 탄식의 냄새. 고통에도 수량과 단위가 있다면 공중에 흩뿌려진 양파의 향 입자들로 세보아도 좋겠지.

"양파는 겹겹의 침묵을 원으로 쌓은 것"정현우 「파랑의 질서」, 『나는 천사에게 말을 배웠지』, 창비 2021 부분이라는 적절한 정의는, 하루 종일 한마디 말도 하지 않았던 어린 시절에 의해 분명해진다. 침묵을 오래 머금은 입속은 달고 어두웠다. 말들은 계속해서 스스로를 낳아 자신 안에 품었다. 양파는 러시아의 전통 인형인 마트료시카와 닮았다. 몸 안에 든 몸. 계속해서 겹쳐지는 독백들. 마트료시카의 가장 안쪽 인형은 열어봐선 안 된다는 러시아 속담이 있다. 모르긴 해도 그

안에 엄청나게 응축된 이야기가 들어 있어 열어보았다가는 비장하고 아름다운 사건이 시작될 것 같다.

양파의 매운기를 빼는 방법은 물 혹은 불이다. 찬물에 담그거나, 불 위에서 볶거나. 슬픈 날 목욕이나 수영을 해보면 알 수 있는 사실이지만, 감정은 의외로 수용성이어서 물에 잘 씻긴다. 아무리 씻어도 잘 지워지지 않는다면 은근한 불 위에 올려 서서히 졸여본다. 안달이 나고 속불이 나도록 마음을 졸이다보면 어느새 달고 어둡게 놓여 있는 한 줌의 시간. 슬픔을 흐르듯이 발음하면 스프가 되기도 하고, 스프가 냄비에서 끓는 모습은 어쩐지 풀어놓은 혼잣말 같기도 해서. 오늘은 양파를 오래오래 볶아 한그릇의 스프를 만들어보려는 것이다.

프렌치 어니언 스프가 생각날 때는 주로 한겨울. 창틀에 서리가 맺히고 유리창에는 섬세한 눈꽃의 무늬가 새겨질 때쯤이다. 눈보라를 헤치며 찾아오고 있는 사람이 있다면 완벽하다. 양파를 최대한 많이 준비해서, 가지고 있는 것 중 가장 크고 무거운 냄비에 넘치도록 넣고, 버터와 올

리브유를 듬뿍 넣어준 뒤, 볶고 또 볶는다. 이 작업에는 '캐러멜라이즈'라고 하는 꽤 달콤한 이름이 붙어 있다. 말 그대로 양파 속의 단 성분을 최대한 증폭시켜서 단맛으로 응축된 양파의 정수를 얻으려는 것이다. 향수를 만들어내는 과정이나 물감을 만들어내던 옛 사람들의 작업과도 흡사하다. 한방울의 보라색을 얻으려면 천마리의 달팽이가 필요하다고 했던가. 제대로 캐러멜라이즈된 한줌을 얻으려면 양파 여러개를 믹스커피보다 더 진한 색이 날 때까지 볶아주어야 한다. 냄비에서 올라오는 매운 향이 서서히 단 향으로 바뀔 때까지.

달고 부드러운 한그릇의 어둠을 지어내려면 계단을 만드는 건축가의 작업을 참조해야 한다. 계단은 건물의 높

이를 이루며 내부와 외부를 연결한다. 볕을 받아 희게 빛나는 건물의 계단을 오래오래 내려가다보면 문득 마주하게 되는 지하실의 까마득함. 빛이 오래 묵혀둔 속내를 마주하는 일. 양파를 오래오래 볶아 결국 도달하고야 마는 짙은 갈색빛은, 흰빛을 층층이 쌓아 몸을 이룬 양파의 가장 농도 깊은 심중이다. 양파의 겹이 그토록 조밀한 것도 자신의 내부를 향해 잡입하고자 했던 일생에 걸친 시도였을지도 모른다.

종탑에서 탈출하는 악몽을 꾼 적이 있다. 금종金鐘을 훔쳐 들고, 끝나지 않는 계단을 신발코가 붉게 물들 때까지 하염없이 내려가다가 문득, 올라가고 있는 것인지 내려가고 있는 것인지 몰라 멈춰선 기억. 훔친 금종을 내려다보니 녹으로 얼룩진 쇠종으로 바뀌어 있던 꿈. 그때의 계단은 무참했다. 지구의 중심까지 드리워져 있을 것 같던 꿈속의 탑, 탑 속의 계단. 꿈꾸는 자가 계단을 내려갈 때 그는 자신의 잠 속으로 깊어지는 중이다.

문 두드리는 소리가 나고, 신발코에 온통 눈을 묻힌

사람이 서 있다면, 프렌치 어니언 스프는 제대로 만들어지는 중이다. 거의 다 만들어진 스프에 치즈를 충분히 갈아 넣는 일이 남았을 뿐.

스튜에는 모서리가 없으니까

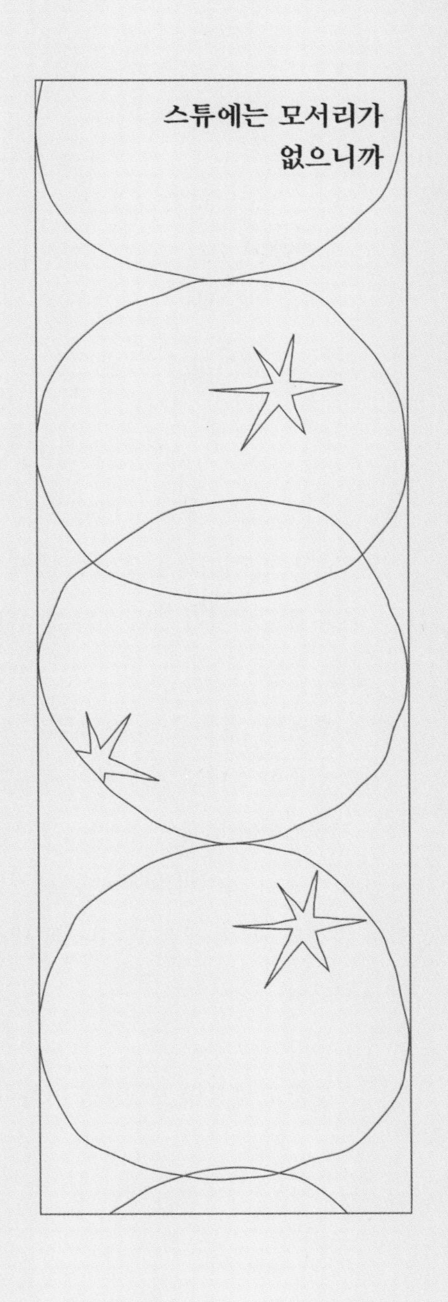

모든 것이 뒤엉켜 끓고 있는 냄비 속.

자타를 구별하기 어려운 흰 밤이다.

스튜,라고 발음할 때의 입모양. 다가서는 입술의 부드럽고 나긋한 풀어짐. 뒤섞이는, 들끓는, 눌어붙고 휘저어지고 부글거리다 결국 스며드는, 그런 관계들을 좋아한다. 자신을 모조리 잃어버리지는 않으면서 타자와 뒤섞일 수 있는 순간의 장. 이 모든 일이 스튜 냄비 안에서는 가능하다고 믿는다.

초등학교 때부터 오랫동안 따돌림을 당했다. 어울리

고 섞여들지 못하고 사람의 자장에서 벗어나려 도망 다니던, 그 시기에 가장 무서워하던 것은 눈빛이었다. 사람의 눈은 얼마나 많은 두려움과 경멸을 동시에 짊어질 수 있는지. 길거리를 걸을 때 반대편에서 걸어오는 사람과 눈을 마주치지 않으려 집에 있는 가장 두꺼운 책을 가져와 얼굴을 가리고 다녔다. 책이 두꺼울수록 사람의 눈길을 더 잘 막을 수 있을 것이라고 생각해서였다.

시선을 막는 글자의 방패.

그렇게 걸으면 책 밑으로 '빛나는 삼각형'이라고 혼자 부르던 공간이 생겨났다. 그 삼각형만 바라보며 길을 걸었다. 불안한 종이방패 뒤에 숨어 사람을 견뎠다. 비좁고 날카롭던 시절이었다. 책은 펼쳐 읽고 있으면 두터운 파티션이 되고, 엎어놓으면 완만한 지붕이, 손가락을 끼우면 맞잡은 손깍지가, 등을 쓸어보면 그럭저럭 믿음직한 하룻밤의 곁이, 뒤표지를 닫아걸면 숨어들기 좋은 방이 되어주었다. 책의 네 모서리를 손으로 훑으면 그 잠시의 테두리 안에서 보호받는 기분이 들었다.

책으로도 다 막지 못하는 눈길들이 있어 시를 쓰기 시작했다. 페소아F. Pessoa의 문장처럼 "시는 내가 홀로 있는 방식"이었다. 시,라는 글자의 모양은 사람이 문을 닫아건 모습이라고 생각했다. 혹은 단단한 벽 뒤에 기대 숨어 있는 모습이라고. 그래서 책을 읽을 때보다 시를 쓰고 있을 때 조금 더 안심이 되었다. 문구점에서 샀던 비밀 일기장의 헐거운 자물쇠에 작은 열쇠를 넣어 잠가두듯이. 여기까지 들어오진 않겠지, 이것까진 열어보지 않겠지.

다시 사람의 눈빛을 바라보게 되기까지 오랜 시간이 걸렸다. 시의 단단하고 조밀한 벽 뒤에 숨어 조금씩 다른 이들의 눈짓 몸짓을 훔쳐보기 시작했다. 그것을 다시 글로 쓰고, 문장의 힘으로 사람을 조금 더 많이 훔쳐볼 수 있었던 긴 과정이었다.

그리고 요리. 나를 위해 하는 요리는 재미도 맛도 없었다. 혼자 해놓고 혼자 먹는 음식에는 '보람'과 '뿌듯'이 빠져 있었다. 유년의 골짜기를 조금씩 헤쳐 나와 새로운 사람들

과 만나기 시작하면서, 함께 음식을 나누어 먹기 시작하면서, 사이와 차림새라는 말에 대해 다시 생각하게 되었다.

헤아리고〔料〕 다스린다〔理〕는 요리의 핵심은, 다루는 재료의 물성을 조심스럽게 파악하여 그 본질을 해치지 않는 선에서 다독이는 것에 있다. 무엇도 자신 아닌 것으로 달라지기는 어려우며 재료 간의 뒤섞임, 부추김, 파고듦, 친교와 분열 등 우리에게 이미 익숙한 사건들에 따라 다른 상황 속에 놓일 뿐이다. 그것을 이해하기 시작하면서 나는 합일에 대한 욕망을 버리고 대신 이염되기—즉 물들기, 자신을 지키면서도 타인에게 젖어드는 방법에 대해 고민하기 시작했다.

그 시기에 많이 만들었던 것이 스튜였다. 냄비 하나에 재료들을 다 넣어 끓이기만 하면 되는 것이었으니 만들기가 비교적 수월했고, 따듯하며 양도 넉넉하여 충분히 사람들의 속을 채워줄 만했고, 밥, 빵, 면 어디에나 잘 어울렸기 때문이다. 무엇보다도 하나의 냄비 속에서 모든 것이 휘저어지며 뒤섞이는 장면을 보고 싶어서였다.

「단추로 끓인 수프」라는 동화를 기억한다. 주인공이 마을에 큰 솥을 걸어 두고 맹물에 달랑 단추 하나만 넣어 수프를 끓인다는 내용이었다. 지나가던 동네 사람들이 하나씩 재료를 추가해서 결국은 맛있는 수프를 만들어내는 이야기. 나는 이 이야기가 스튜라는 음식의 본질에 맞닿아 있다고 생각한다.

스튜를 만들기 위해서는 감자, 고구마, 당근 등의 뿌

리채소들을 다듬어야 하는데, 그 당시 보던 요리책들에서는 이 채소들의 모서리를 일일이 감자칼로 다듬으라고 했었다. 그래야 국물이 맑고 보기가 좋다는 이유로. 처음에는 시키는 대로 했으나 곧 멀쩡히 버려지는 부분들이 아까워지기 시작했다. 모서리가 어때서. 잘라놓은 그대로 볶고 끓이니 처음에는 날서 있던 단면들이 흐릿해졌고, 물러지며 서로 섞여들었다. 알아서 경계를 풀고 하나가 되는 스튜의 놀라움.

그래서 크림스튜를 만들 때 나는 바비큐소스나 훈연액을 조금 넣어 불의 뉘앙스를 준다. 마냥 부드러운 밤도, 마냥 부드러운 마음도 없기 때문이다. 살짝 그을린 맛이 추가된 크림스튜는 낮과 밤의 경계에 가까운 맛이 난다. 환하면서도 그늘진, 약간의 불안함이 스며든 듯한 맛. 스튜가 조용히 끓고 있는 밤의 귀퉁이에서 새로운 빛들이 익어간다.

이제 와 책에 얼굴을 묻고 길거리를 걸었던 그 날카로운 아이를 생각하니 마음이 모서리에 또 찔린다. 하지만 날카로움은 굳이 버리고 다듬어야 할 것만은 아니라고 믿는다. 감자나 당근이 굳이 돌려 깎지 않아도 뭉근하게 끓여지는 동안 알아서 물러지고 모서리를 허무는 것처럼, 꾸준한 온도와 알맞은 시기가 있을 것이라고.

게다가 스튜는 많이 해야 맛이 좋고, 다 같이 둘러앉아 비좁고 다정해지기에 좋으니, 기어코 여러 사람을 따듯하게 해주지 않겠는가.

놓쳐버린 눈빛과 구름들에 대하여

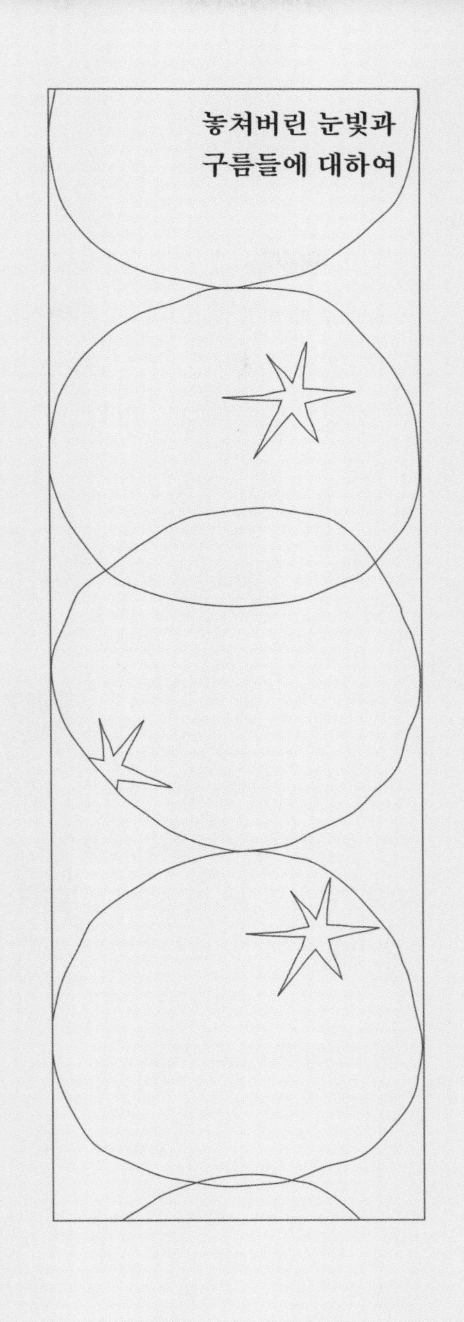

하늘이 물방울들을 모아 무수한 구름의 형상을 만들어내는 것은
쪽지를 접어 건네주는 일처럼 다정하고 아름답다.

우유를 천천히 끓여 한줌의 치즈를 만들 때, 냄비 안에서 따듯하게 끓어오르는 구름들을 바라보며 나는 아직 쓰이지 않은 미지의 필적들을 기다린다. 오늘의 하늘은 무늬와 패턴에 대한 무한한 가능의 기록장이기에.

만약……이라고 말하듯
구름이 흐르고.

구름의 생몰을 바라보며 사람이라는 입체에 대해 생각한다. 겪어내기 위하여. 견뎌내기 위하여. 몸을 버리려 달려오는 감정들. 바닥없는 마음들. 도착할 수 있을까. 휘날려 닿아 흘러내릴 수 있을까.

오래전 애니메이션에서 달을 치즈처럼 떼어와 빵에 발라 먹는 것을 본 적이 있다. 그 이후로 나에게 달은 오래 숙성된 치즈맛으로 연상된다. 해는 아주 뜨거운 레몬차, 밤은 묵직하고 달콤한 양갱, 바람은 맑고 찬 국물에서 막 꺼낸 소면, 눈이 곱게 내린 날은 슈거 파우더가 올라간 크림 케이크가 생각난다. 구름에서는 무슨 맛이 날까. 글쎄. 모양과 형태에 따라 다른 것 같다. 노을에 물들어 있는 구름은 딸기잼을 잘못 쏟은 식빵 같고, 양털구름을 보면 고슬고슬하게 펼쳐놓은, 아직 말기 전의 김밥 같다.

우리가 흔히 연상하고 그림으로 그리는 모양의 구름이라면, 역시 리코타치즈 맛이 날 것 같다. 크리미하고 진한 우유 맛에 살짝 감도는 요거트 냄새, 고소함과 새콤함과

부드러움이 함께 흐르는 구름맛.

우유를 끓여 식초 혹은 레몬즙으로 유청을 굳혀 체에 걸러 분리하는 방식으로 만든 치즈를 리코타ricotta라 부른다. 다른 치즈들처럼 짜거나 냄새가 강하지 않고 고소하며 부드러워서 치즈를 좋아하지 않는 사람도 충분히 즐길 수 있다. 집에서 만들 수 있을 만큼 재료도 간단해서 종종 만들어두곤 하는데, 생각보다 만드는 과정에서는 세심한 주의가 요구된다. 우유가 끓어올라 넘치지 않도록 불을 잘 조절해야 하고, 알맞은 타이밍에 레몬즙을 추가해야 하고, 지나치게 많이 휘저어 모양을 망치지 않아야 한다. 겉모양은 순두부처럼 물렁해 보이지만 결코 만만하지 않다.

넘치기도 쉽고, 간 맞추기에 실패하기도 쉬운 이 리코타치즈를 만드는 날은 손님을 맞기 4일 전쯤이다. 바로 만들면 숙성된 쫀득함이 없고, 방부제가 없는 치즈이니 금방 상하기에 시간을 잘 계산해야 한다. 그러나 아무리 잘 헤아리고 계획하여 만들어두어도 이 치즈는 한번도 같은 결과물을 낸 적이 없다. 그날의 습도와 공기와 바람과 마음 때문이라고 생각하는데, 이 역시 구름과 닮은 점이다.

우유라는 액체가 자신의 물성을 버리고 뭉쳐져 치즈가 되는 과정은 만들 때마다 새삼스럽게 느껴진다. 다른 존재가 되기 위해 버리거나 남겨두고 가야 할 것들이 있다는 사실이. 리코타치즈를 끓이는 것은 구름을 만드는 일처럼 경이롭고 또한 허망한 일이다. 생크림과 우유를 합해 천오백 밀리리터나 냄비에 붓고 끓이고 거르고 식혀서 얻어내는 결과물은 고작 두 손바닥을 모은 정도. 신이 구름을 만드는 전용 냄비가 있다면 그 냄비는 이렇게 투덜거렸겠지. 나는 매번 끓어 넘치거나 허전한 속을 내보이거나 둘 중 하나라고.

냉장고 안에 잘 숙성된 리코타치즈가 있다는 사실은 든든함과 불안함을 동시에 데려온다. 언제든 훌륭한 샐러드를 만들 수 있다는 생각과 맛있을 때 얼른 사람들에게 먹이고 싶은 조급함이다. 유통기한이 짧은 리코타는 약속을 유발하고 만남을 재촉한다.

체에 받쳐 걸러낸 오늘의 구름은 묵직하다. 아직 빠져나오지 못한 생각들을 머금은 것처럼. 당신의 감정이 아직 눈을 놓아주기 전의 구름 같다면, 사념들이 흘러나갈 성긴 구멍들을 마련해주지 못한 탓이다. 그럴 때 구름은 오갈 데를 몰라 해맨다. 어두워진다. 눈시울이 젖는다. 희게 출렁이던 당신의 안과 나의 바깥이 조금씩 뭉쳐질 때, 어쩔 수

없이 떠나보내야 하는 것들이 있다.

어떤 마음들은 굳어지며 뜻 모를 액체들을 발밑에 흘려놓는다.

언젠가……라고 중얼거리는 시간의 언저리에서.

사랑은 안키모 같네요

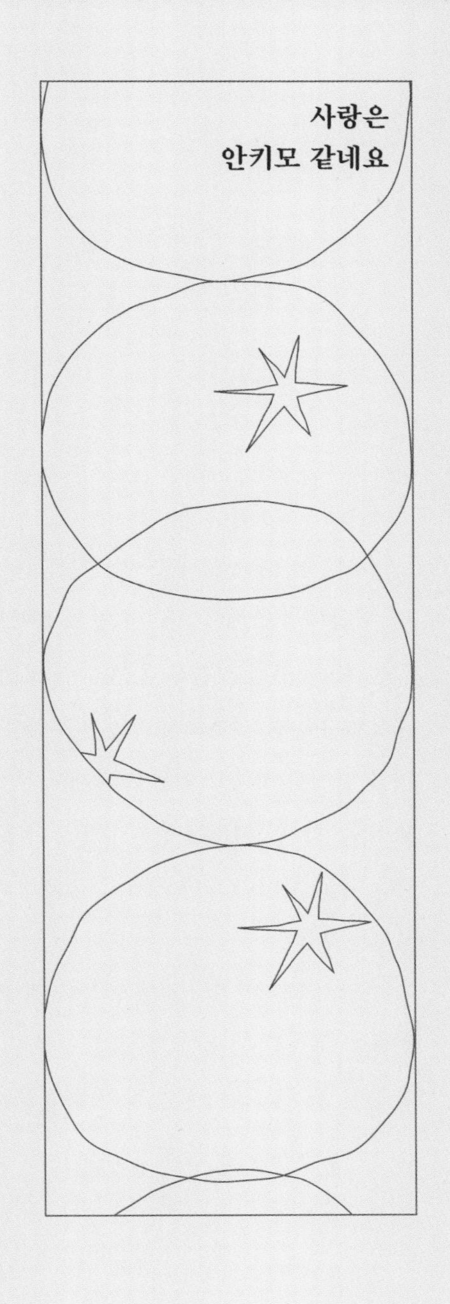

시간을 다 살아내고서야 겨우 만들어지는 것들이 있다. 다급하게 소매를 이끌며 앞서 걸어보아도 영 내켜하지 않는 것들. 자기 시간을 온전히 다 보낸 뒤 느릿느릿 뒤따라오며 걸음을 서두르지도 않는 것들. 마음대로 되지 않는 마음 앞에서 화내고 어르고 달래고 부탁하다 안으로 삭아들어 무르게 고여드는 응어리가 있다. 그것을 사랑이라 말해도 좋고 한이라 칭해도 좋고 '안키모'라고 이야기해도 좋을 것 같다.

안키모는 아귀의 간을 이용한 찜 요리다. 손질한 간을 찬물에 두시간, 우유에 두시간, 청주나 맛술에 두시간, 소금물에 두시간 담가두면 밑준비가 끝난다. 여덟시간이나 이곳저곳에 몸을 담갔던 아귀 간을 랩으로 싸고, 다시 포일로 싸서 이쑤시개로 구멍을 뚫은 뒤 찜기에 30분간 찐다. 이때 소주나 청주를 넣어 냄새를 또 잡는다. 그후 15분 정도 뜸을 들이면 완성이다. 최소 여덟시간 사십오분. 이것보다 더 걸릴 가능성이 높다.

안키모를 만드는 동안에는 아무리 다른 일을 해보려고 해도 손에 잘 잡히지 않는다. 지금쯤 우유에서 빼내 술에 담글 시간인가, 술에 담근 뒤엔 다시 소금물에 담글 시간인가, 전전긍긍하며 계속 시계를 살피게 된다. 타이머를 맞춰두고 신경 쓰지 않으려 해도 마찬가지의 상태가 계속된다.

이렇게 고난의 과정을 거쳐 완성된 안키모를 바로 먹을 수 있는가 하면 그렇지도 않다. 간이라는 부위의 특성상 뜨거울 때 썰면 쉽게 부서지기에 그날 저녁에 만들었다면 다음 날 아침까지, 아침에 만들었다면 적어도 그날 밤까지는 냉장고에서 차게 굳혀야 한다. 그렇게 치면 하루가 꼬박 걸리는 음식이다. 그러고 나서도 잡내가 잘 잡혔을까, 설익지는 않았겠지, 모양은 예쁘게 나왔을까, 애가 타는 요리가

안키모다.

안키모를 만들면서는 어쩔 수 없이 시간에 대해 생각하게 된다. 이토록 많은 시간과 품을 들여 어류의 간을 요리할 이유는 무엇인가. 바다의 푸아그라라고 불릴 만큼 그 특유의 부드럽고 달고 녹진한 맛을 살리고 싶어서이기도 하고, 좋아하는 사람들에게 새로운 음식을 맛보여주고 싶은 욕심이 우선이긴 하지만, 사실은 그저 기다리고 싶어서 안키모를 시작한다. 나에게 안키모는 기다림이라는 말과 거의 동의어고, 무언가를 은은하고 무심하게 기다리기에 안키모는 더없이 좋은 형식이기 때문이다.

기다림도 연습해야 실력이 늘어난다. 와시다 기요카즈鷲田清一는 그의 저서 『기다린다는 것』불광출판사 2016에서 "뜻대로 되지 않는 (…) 어쩔 수 없는, 그저 받아들일 수밖에 없는, 함부로 움직일 수 없고 단지 가만히 있을 수밖에 없는"20면 것들을 마주해 단념하거나 포기하지 않을 때 기다림이 이루어진다고 말한다. 기다림은 미래를 향해 자신을 열어두는 일이며, 무언가 찾아올 수 있게 내 안에 공간을 만드는 실천이라는 것이다. 이렇게 만들어진 공간의 빈

곳에서 초대와 체념, 기대와 불안이 뒤얽힌다. 기다림은 자신 안의 망상들과 싸우는 일인 만큼 적극적인 수동성이라고 부르는 것도 가능하겠다. 자신을 막연한 기대와 혼란 속에 놓아두는 것을 두려워하지 않는 결심. 그것을 세글자로 줄이면 기다림이 되고 안키모가 된다.

그러니 간은 기다림의 장기라 불러야 하지 않을까. 애를 태우며 기다린다고 말할 때의 '애'는 간을 비롯한 몸 속 장기들을 말한다. 사랑도 애가 닳도록 하는 일이다. 애쓰고 애닳고 애절하고 애통하게 하는 일이다. 마음의 잡내를 빼내려는 독한 목욕재계다. 너무 사랑하면 간이라도 빼서 준다고 하는데, 안키모를 만들다보면 그 말이 어떤 뜻인지 조금 짐작된다. 내 간을 빼서 줄 수는 없으니 묵묵히 아귀 간이라도 손질할 수밖에. 사랑의 어쩔 수 없음은 그렇게 온다. 최상의 것을 해주고 싶으나 차선밖에는 주지 못할 때. 더 주지 못함을 미안해하는 애달픔에 세상의 모든 맛이 깃든다.

굳이 애써
웰링턴

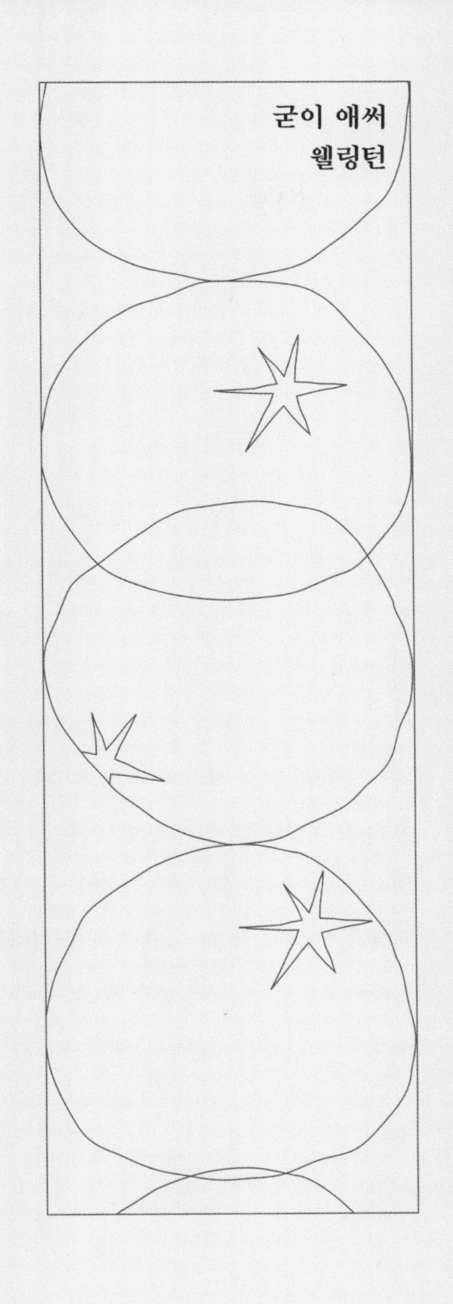

소중한 것을 감추어 더욱 유일해지고 싶은 은밀과

숨겨둔 것을 갈라 그 단면을 확인하려는 욕망이 교차한다.

숨바꼭질은 존재의 숨김과 드러남이 교차하는 심오한 놀이다. 자신의 모습을 은닉하며 아이들은 감춤 속에서 도리어 솟아나는 현존을 만난다. 시선이 닿지 않을 만한 깊숙한 곳에 몸을 구겨 넣고 술래를 기다릴 때 어쩔 수 없이 흘러나오는 기척들이 있다. 웃음. 두려움. 떨림. 긴장과 기대가 뒤섞인 흥분 상태. 존재한다는 실질적 감각. 그것은 신체를 감췄기에 흘러나오는 영혼의 기쁨이다. 하지만 숨바꼭질은 잘 숨는 것이 목적이 아니라 적절한 들킴을 필요로 하는 놀이다. 술래에게 들키지 않는다면 그것은 놀이가 아닌 것. 외로움의 자세를 배워 익힌 것. 끝내 발견되지 못한 아이는 유령이 되어버린 듯한 기분에 휩싸이리라. 애초에 발견되기 위한 숨기. 드러남에 대한 매혹 속에서 은폐와 엄폐는 실패하기 위한 작전이 된다.

이러한 맥락에서 비프 웰링턴의 겉을 싸고 있는 파이지를 사라지는 놀이의 일종으로 봐도 좋겠다. 사실 비프 웰링턴은 그 형식 자체에 조금 의문이 생기는 요리다. 품질이 좋은 덩어리 소고기가 생겼다면 소금이나 후추 등의 단순한 양념만을 추가해 굽는 것이 가장 맛있고 효율적인 방법이다. 왜 굳이 밀가루를 반죽하고 소스를 만들고 모양을 잡아 오븐에 구워내야 하는가.

치장하는 동시에 감추고 싶기 때문이다. 빛나는 은빛 돔을 열어보이듯, 한겹 감춰져 있던 포장을 풀어 안을 발견하는 기쁨을 주고 싶기 때문이다. 비프 웰링턴이 가진 미학의 팔할은 가림과 꾸밈에 있다.

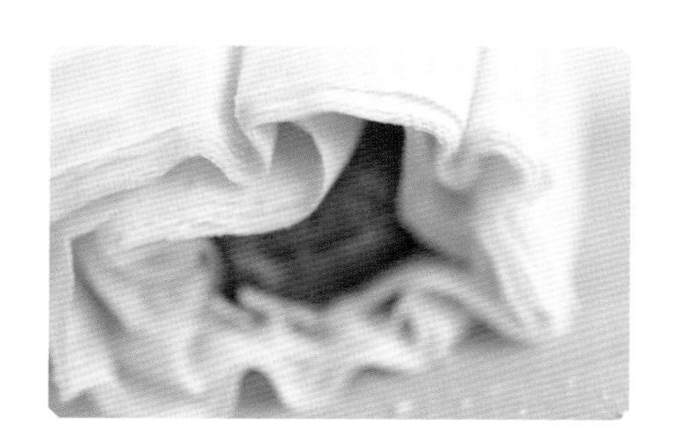

뒷면이 요란한 은빛으로 반짝이던 옛 포장지들을 떠올린다. 선물을 주기 전에 원색의 넝쿨무늬들이 얽힌 포장지를 잘라 꼼꼼히 감싸던 기억. 마무리는 오밀조밀한 솔방울 모양의 리본 붙이기. 포장을 마친 선물들은 외계에서 날아온 것처럼 미래적으로 낯설어졌다. 오직 가리다가 찢어지기 위해 그렇게도 완강하게 빛나던. 그런 포장지들은 이제 거의 사라졌지만 아직까지도 감춤은 선물의 필수 요소 중 하나다. 등 뒤에라도 잠시 숨겼다가 내미는 마음의 형식이 발전하여 웰링턴을 만드는 데까지 이르게 된다.

시즈닝해 팬에서 가볍게 구워낸 소고기에 홀그레인 머스타드를 발라 잠시 휴지休止한다. 버섯을 잘게 잘라 버터에 볶고 생크림을 넣어 졸인 소스인 뒥셸Duxell을 만들어

고기에 고루 바른 뒤 올리브페스토, 바질페스토를 조금 올리고 파이지로 감싸 두번째 휴지를 거친다. 오븐에 겉면이 바삭해질 때까지 구워 세번째 휴지를 마치면 완성이다.

비프 웰링턴을 감싼 파이지는 구우면 갈색으로 그을리며 섬세해진다. 구울 때 자국이 예쁘게 나도록 계란물을 바르고 칼집을 넣어 모양을 낸다. 나는 주로 단순한 빗금무늬를 넣지만 제대로 모양을 낸 파이지의 무늬들은 무척 화려하며 어떤 포장지도 따라가기 어려울 만큼 섬세하고 아름답다. 외국의 요리 사이트에 들어가 다양한 무늬로 장식된 사진들을 구경하면서 생각한다. 웰링턴은 어쩌면 요리보다는 선물 카테고리로 분류되어야 하지 않을까.

선물. 요리를 해서 내어주는 행위 자체가 이미 받는 이에게 주는 선물인 것은 당연하지만, 비프 웰링턴을 만들기로 했다는 것은 무척 중요한 손님을 맞이한다는 뜻이고, 그 손님에게 내가 만들어낼 수 있는 가장 최상의 것을 주고 싶다는 욕심이 생겼다는 것이다. 신기한 것을 입에 넣어주고 싶은 생각으로 가득해져서.

소중한 사람이 나타나기 전 모습을 감추고 싶어지는 이유 중 하나는 그에게 더욱 중요한 존재가 되고 싶다는 욕망이겠지. 뜻밖의 기쁨이 되어주고 싶은 사람은 즐거이 스스로를 잠시 삭제한다. 부재를 선물하고 사라짐으로서 사랑받기.

바삭하게 구워 한 김 식힌 웰링턴을 자르면 드디어 붉고 둥근 단면이 드러난다.

예쁘게 익었네, 당신의 기뻐하는 얼굴을 훔쳐보며 생각한다.

숨은 아이를 찾은 술래처럼 웃는구나.

퍼져오는 빛을 통해 시간을 바라보기

영하의 추위가 다녀간 화단은 하나같이 겁에 질린 얼굴입니다. 얼마 전 갑작스러운 한파의 밤 뒤로 내내 포근한 늦가을 볕이 내렸지만 누구도 섣불리 굳어버린 표정을 풀지 않습니다. 추위에 약한 바질은 이파리가 얼었고, 깻잎도 진작 씨앗을 내어놓고 말라붙었습니다. 그나마 튼튼한 세이지와 딜도 마지막 잎사귀를 보여줍니다. 줄기에서 반쯤 말라가는 홍고추를 수확해서 소쿠리에 펼쳐두었습니다. 바삭바삭하게 마른 고추들을 흔들면 씨앗들이 부딪히는 작고 무수한 기척이 들려옵니다. 레인스틱에서 나는 빗소리처럼 물기를 머금고 말라간 것들의 속삭임입니다. 고추씨까지 빠트리지 않고 모아 믹서에 갈아두었습니다. 양은 적지만 매운맛이 필요한 요리에

요긴하게 쓰일 것입니다.

첫눈이 왔다는 소식 들으셨나요? 저는 아직 보지 못했지만 이곳에도 곧 눈 소식이 있을 것 같습니다. 지난 여름에 들인 봉숭아 물이 아직 손톱 끝에 남아 있습니다. 사랑을 이룰 것 같은 예감으로 올해의 눈보라를 기다려야죠. 겨울이 다가오니 창으로 들어오는 볕의 각도가 바뀌네요. 비스듬히 누워 들어오는 이맘때 햇빛은 수확물을 말리기에도 무지개를 만들기에도 좋습니다.

창가에 놓아둔 프리즘을 통과한 빛들이 무리지어 방의 여기저기를 산책합니다. 책장에 꽂힌 책들에 앉았다가 모래시계에 맺히기도 하고, 세계지도 위를 거닐면서 먼 나라들에 화려한 색의 스펙트럼을 새겨 줍니다. 방 한쪽에 붙여둔 오래된 엽서나 좋아하는 동화책 포스터, 아이들이 써준 롤링페이퍼 위에도 호기심 많은 고양이처럼 일단 앉아버립니다.

제가 가진 프리즘은 십년도 더 된 낡은 물건으로, 과학 선생님인 친구가 첫 시집 『보라의 바깥』창비 2011

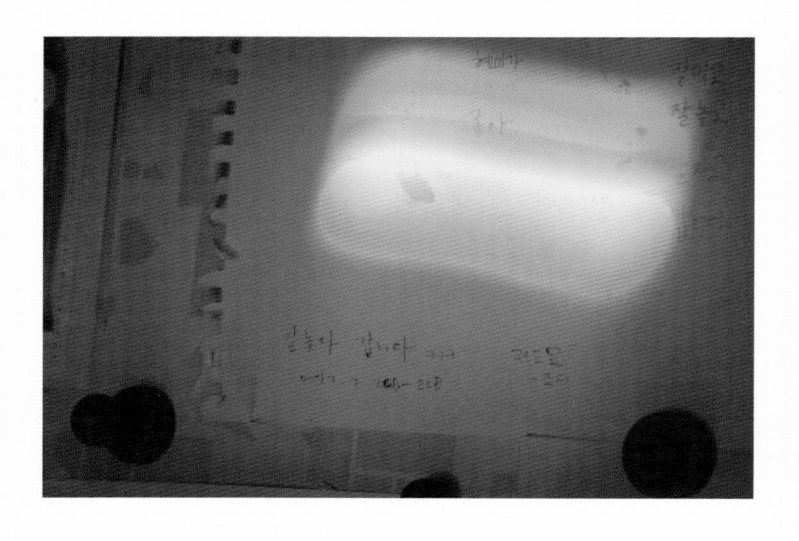
헤미가
잘놀다 갑니다 ㅋㅋㅋ

출간 기념으로 선물해주었습니다. 실제 과학 실험에서 쓰이는 스탠드 형태의 이 삼각 프리즘은 감탄스러울 정도로 선명한 빛의 스펙트럼을 보여줍니다. 처음 프리즘을 창가에 놓은 날엔 정오부터 저녁까지 내내 무지개의 궤적을 좇으며 하루를 보냈습니다. 그 영롱하고 화려한 색들을 얼굴에도 띄워보고 손목에 팔찌처럼 둘러도 보면서요. 십년 뒤 새로운 옥탑으로 이사 왔을 때 가장 먼저 한 일도 빛이 잘 들어오는 창가 자리를 찾아 프리즘을 놓아두는 일이었습니다. 지금은 한쪽 귀퉁이가 깨지고 지지대 부분에 녹이 슬었지만, 이 투명한 친구는 매 계절 성실하게 그때그때의 빛을 번역하여 선물해줍니다.

무지개는 생각보다 빨라서, 다른 일을 하다 바라보면 예상치 못한 사이 훌쩍 공간을 건너뛰어 다닙니다. 물론 무지개에 속도가 있다는 건 이 방이 지구와 함께 천천히 우주의 궤도를 돌고 있다는 뜻이겠지요. 행성과 시간이 만나 춤추는 모습을 보기 위해 사람은 시계를 만들고 프리즘을 만들고 저녁에게로 달아나는 노을을 바라봅니다. 지금의 저처럼 이 문장을 만져볼 어떤 눈빛에게 편지를 적기도 하고요. 그건 자신의 자리에서 가능한 멀리까지 가닿고자 하는 여행입니다.

벽에서 벽으로 옮겨 다니며 모든 것을 새삼스럽게 만들어주는 무지개 덕분에 태양과 지구, 옥탑 사이에 빛과 색들이 교신탑처럼 존재함을 알게 됩니다. 그럴 때면 빛살이 아무렇지 않게 쳐들어오는 옥탑이 한층 새로워집니다.

창문에 막 도착한 볕을 펼칩니다. 기다린 듯 이마 위로 내려앉는 색들. 먼 우주로부터 보내온 서신입니다.

지금 여기, 페스토

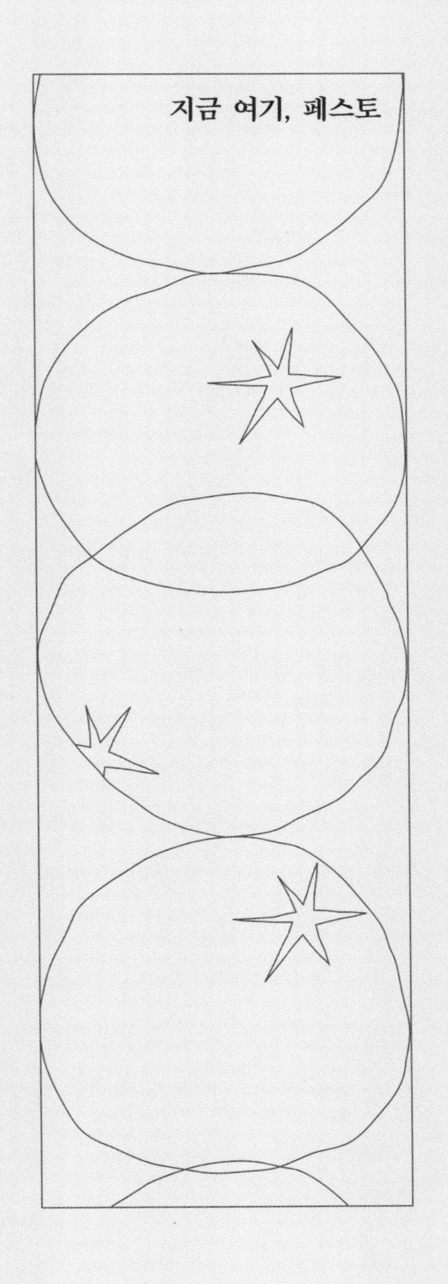

그래, 적당히 끝낼 수 있다면 그게 마음일까.

새삼 올해의 여름을 생각한다. 바질 모종이 폭발하듯 자라던 뜨거운 계절. 여름엔 뭐든 흘러넘친다. 볕도, 잎사귀도, 줄기도, 땅에서 솟아오른 연두색 폭죽들은 갑자기 너무 자라버린 스스로의 무게에 놀라 쓰러지거나 곁에 심은 다른 식물에 기대기도 한다. 그럴 땐 잎사귀를 솎아주고 넘치게 자라난 줄기를 다듬어줘야 한다. 키가 커지고 어느 정도 만족할 만큼 자리를 잡으면 꽃을 피울 준비를 하니까. 꽃이라고 하면 좋은 것 같지만 바질을 비롯한 허브들은 주로 잎을 활용하기 때문에 최대한 늦게 꽃을 보는 편이 좋

다. 꽃을 피워버린 뒤엔 아름답느라 바빠서 잎을 더이상 내지 않을뿐더러 향도 덜하고 질겨지기 때문에. 옛날 소설 속의 질투 많은 사감처럼 줄기를 샅샅이 살피며 조금이라도 꽃이 필 것 같으면 망설임 없이 꽃대를 잘라버린다. 수확이라는 그럴듯한 이름을 붙이면서. 쏟아지는 빛에 눈살을 찌푸리다가 문득 잘려나간 가지들이 단호하게 거절당한 고백들처럼 보였다.

혼자 넘쳐나버린 감정이 있었다. 여름처럼 대책 없이 쏟아지던. 어디까지가 알맞은 거리였을까. 서두르지 않고. 과하지 않게. 조금만 더 기다렸더라면 그 곁에 머물 수도 있었을까. 그때로부터 멀리멀리 걸어온 지금도 여전히 알기 어렵다. 하지만 이제는 짐작해볼 수 있지. 꽃이 필까 두려워하며 꽃대를 자르는 단호함이 무엇인지를. 무딘 가위로 툭 스치기만 해도 진물을 흘리며 잘려나가는 줄기들.

솎아낸 바질은 샐러드에 넣거나 요리의 귀퉁이에 올려 장식한다. 채반에 올려두고 그늘에 말려 가루로 만들거나 올리브오일에 담가 허브오일을 만들기도 한다. 하지만 소비가 생산을 따라가지 못해 한번 수확하면 바구니에 수북할 만큼 남게 된다. 줄기를 손으로 쓸어보면 새삼 올라오는 특유의 향. 박하의 청량함과 달지만 우아한 쓴맛을 함께 지닌 꿀풀과의 한해살이풀. 때론 의아했다. 어째서 잎사귀는 사계절에 나누어 조금씩 자라지 않고 한때에만 집중적으로 폭발하는지. 왜 아무리 잘라도 자라나고, 담고 담아도 흘러넘치고 마는지. 은은히 조금씩 아껴 먹을 만큼만 자라나면 좋을 텐데, 한순간에 무성해져 잉여를 남기고 만다.

옥탑의 식물들은 볕에 배부르다. 해를 많이 받은 잎사귀는 어느 순간 두꺼워지고 향이 진해진다. 이번 여름엔 서두르지 않고 바질의 향이 잎사귀 끝까지 차오르기를 기다

렸다. 여름의 한복판에서 햇살을 잔뜩 머금은 초록의 영혼을 봉인하기 위해.

수확한 바질을 깨끗하게 씻어 물을 털어낸 뒤 올리브오일, 잣, 마늘 몇알, 딱딱한 치즈 한조각을 믹서나 막자에 넣고 갈면 예쁜 진초록의 페스토가 완성된다. 파스타에 버무리거나 스테이크의 소스로 써도 좋고, 빵에 잼 대신 얹어도 좋고 치즈와 토마토를 넣은 샐러드에 뿌리면 간편하게 카프레제를 만들 수도 있다.

처음 바질로 페스토를 만든 이유는 엄청난 기세로 자라나는 잎사귀들을 감당하려던 소박한 시도였다. 너무 많

은 빛. 번져가는 잎들. 여름이 만들어낸 무성함을 받아 어떻게든 보존하려는 노력. 그건 오늘의 향과 색과 맛을 소유하고자 하는, 혹은 흐르는 시간을 매듭지어 잡아두려는 노력이었다. 모든 포도주가 그렇듯 병에 담긴 페스토 역시 '대체 불가능한 한 해'파스칼 키냐르 『옛날에 대하여』, 송의경 옮김, 문학과지성사 2010, 제35장이기에. 유리병 속에 거대한 정령을 가둬두듯이, '지금 여기'라는 시간과 장소를 병에 담아 보관할 수 있다고 믿는 것이다. 잠시 머물다 떠나버릴 줄 알면서도.

꼭 무엇을 해야 하는 것이 아니라 하지 않기로 한 결정도 큰일을 해낸 것이다. 이별은 그런 걸지도 모르지. 단호히 꽃대를 잘라내듯 지속하지 않기로 결정하기. 그러고도 어쩔 수 없이 남아버린 잉여의 감정들을 모아 쥔다. 방부제를 넣지 않은 소스들이 그렇듯 페스토도 한순간이다. 가급적 만든 당일에 다 쓰거나 길어봤자 일주일. 가끔은 상해버려서 자신이 진짜임을 증명하는 것들이 있다. 뒤도 안 돌아보지. 딱 한 시절 아름답기로 했던 사람처럼. 그래. 사시사철 영원할 수 있다면 그게 어디 마음이겠니.

그때여서 가능한 고백들이 있었다. 잎사귀였던 여름의 기억을 간직한 꿈처럼. 페스토는 지금 이 순간을 놓치지 않으려는 속기록 같다. 슬픔과 기억과 약간의 빛으로 반죽된 잠시를.

카레에 관한
열두개의 메모

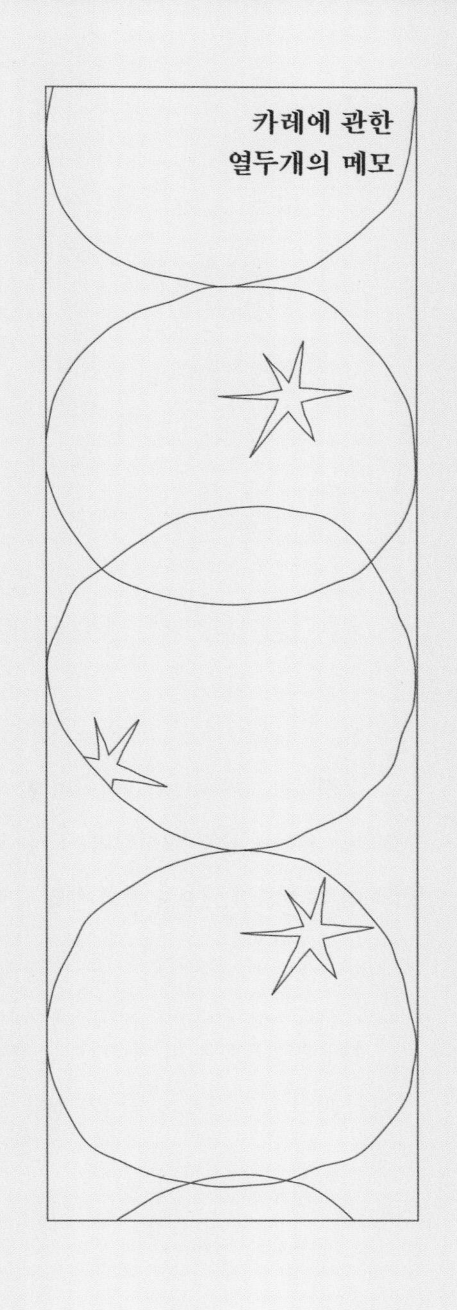

0

카레는 하나의 거대한 세계관이다.

1

점령하는, 물들이는, 뒤섞이며 휘저어지는, 강력한 전개. 일단 속하는 순간 대책없이 그 세계의 울타리 안에 속하게 된다. 장르가 내용을 끌고 가는 글이나 영화처럼.

2

지구를 휘돌아온 이 매력적인 스튜에는 내가 좋아하는 요리의 거의 모든 요소가 들어가 있다. 단순하고 반복적인,

명상을 닮은 밑 준비 작업양파 볶기 한시간, 주재료 선택의 가변성고기, 해물, 비건 등으로 옵션 변경 가능, 자투리 채소 활용중요, 창의력을 요함, 다양하게 변주 가능. 숙성과 함께 엮이며 더없이 섬세해지는 맛과 향.

3

자명한 사실이 눈과 코를 순식간에 사로잡는다. '희귀한 동양의 혼합물'을 좋아하든 싫어하든, 퇴근길 집으로 돌아가는 골목길에서 이웃이 풍기는 카레 냄새를 맡는다면, 복잡한 향들이 그물처럼 뻗어 나와 하나의 이미지로 선명히 나타나는 체험을 하게 될 것이다. 도저히 숨길 수 없는 화려함. 터져 나오는 이국적 선언. 부엌이 먼 곳에서 온 입자들로 술렁인다. 우리를 조금 비켜난 세계로 데려가는 향이다.

4

인도의 향신료인 '가람 마살라'는 우리의 전통 장이나 김치처럼 집집마다 혼합 비율이 다르고 추구하는 맛도 각기 다르다. 마살라에는 사프란, 로즈마리, 아니스, 월계수, 머스터드시드, 딜시드, 주니퍼베리, 카다멈, 육두구, 캐러웨이 등등의 향신료와 허브, 식물의 씨앗 등이 많게는 열종 이상으로 들어간다. 하나만으로도 충분히 인상적인 향기를 가진 향초와 향신료들이 버무려지고 어우러진다. 수많은 조합으로 이루어진 아름다운 혼돈의 스프. 새로운 세계가 태어날 것 같은 예감.

5

당신은 적었었지. *계단을 오르며 카레 냄새를 맡을 수 있을까.* 그날엔 일부러 아무 음식도 하지 않았다. 서로에게 어떤 슬픔도 내어줄 수 없는 시간에 도착한 것을 알았기에. 카레 냄새는 없음으로서 더욱 선명히 현재를 증명했다. 그 어떤 향에도 휘감기지 말아야 하는 세계로 우리는 각자 걸어 들어갔다.

6

카레 속의 작은 꽃다발. 브로콜리는 꽃을 먹는 화채류다. 수많은 봉오리로 이루어진 망울마다 가능성을 머금은. 꽃이 꿀을 머금듯 브로콜리는 소스를 품어 안는다. 자신의 맛을 누르고, 주변의 맛을 끌어들여 자기 안으로 수렴한다. 그리고 입속에서 부드러운 폭탄처럼 터지며 뭉쳐두었던 맛을 뿜어낸다. 너무 물러지지 않도록 마지막 단계에 브로콜리를 추가한다면, 꽃봉오리에서 직접 소스의 정수를 받아 마시는 기분이 들 것이다.

7

사골육수, 다크초콜릿 한조각, 그리고 다음 날.

카레의 세가지 치트키.

'어제의카레'라는 숙성카레 전문점이 있다. 지나버린 시간을 팔기. 다시 살아낼 수 없는 시간을 맛보기 위해 회상하기. 되돌아보기. 후회하기. 반추하기.

8

다음 날을 생각하며 잠들고 아침에 일어나 전날을 떠올린다. 미래와 과거가 잠 속에서 만난다. "가장 내부의 것과 가장 외부의 것이 일치하는 그러한 원들 사이에 끼여서, 예기치 않은 것으로 다시 향하는, 기다림 속에서의 부주의한 주의. 어떠한 것도 기다리기를 거부하는 기다림, 발걸음마다 펼쳐지는 고요의 자리".* 그건 내부와 외부가 만나는 자리다.

---

* 모리스 블랑쇼 『기다림 망각』, 박준상 옮김, 그린비 2009, 22면.

인간이 발명한 시간은 이미 오래 전에 자신을 창조한 자들을 집어삼켰다. 인간이 시간의 꿈이라면 우리가 겪는 이 헤맴은 서로 다른 사건들이 합쳐지고 연결되는 와중일까. 냄비의 뚜껑을 덮듯 이불을 뒤집어쓰고 눈을 감는다. 몸과 눈빛, 생각과 꿈이 어둠 속에서 조금씩 친밀해진다. 서로 다른 입자들이 만나 연결고리와 이해의 무늬를 이루는 가람 마살라처럼.

9

저녁 모임에 무쇠솥으로 끓인 카레를 솥째 가져간 적이 있다. 한 언니는 "임신하면 다시 먹고 싶어질 것 같다"라는 기이한 시식평을 남겼다.

10

부글부글 끓고 있는 솥 속에 개구리 눈알, 뱀의 이빨, 토끼의 수염…… 온갖 기묘한 것들이 둥둥 떠다니는 마녀의 스프. 그 괴기스러운 액체는 금기와 혐오, 매혹과 관능을 동시에 내포한다. 박쥐의 날개나 용의 발톱 같은, 현실

과 비현실이 혼재하며 마력을 뿜어낼 것 같은 몽상. 위용과 음험함이 냄비 속에 함께 깃들어 있다.

11

카레를 만드는 것은 외따로 떨어진 세계의 조각들을 모아 어떻게든 이음새를 만들고자 하는 노력이다. 당근과 버섯, 양파와 온갖 향들, 닭과 시금치가 한 자리에서 만난다. 끓고 있는 냄비를 휘젓는다. 이미 존재하는 의미들을 꿰어 새로운 배열의 목걸이와 팔찌로 엮어주려고. 어떤 눈 밝고 외로운 사람이 밤하늘에 펼쳐진 외계의 행성들에 선을 그리며 그것들을 이어주었다고 믿었듯이.

두 가지의 밤과 낮

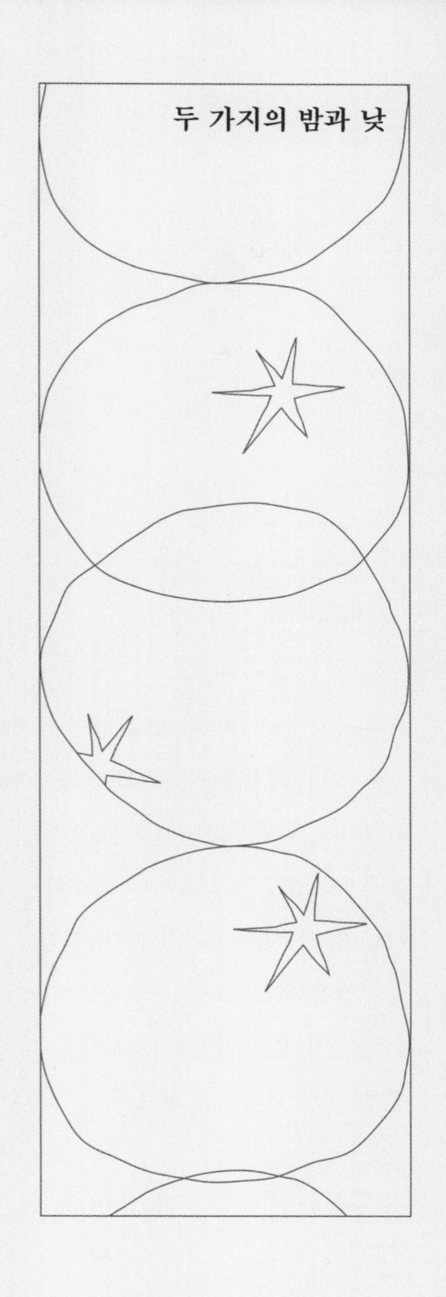

가지를 가르듯

저녁이 내린다.

가지는 어둠으로 빛을 감싸 매끈하게 묶어둔 일인용 우울 같다. 미끄러운 껍질을 밀듯이 썰면 할 수 없다는 듯 푸석하게 잘리는 가지의 속내. 껍질에서 묻어난 짙은 보라색이 안쪽으로 조금 물든다. 밤이라는 질긴 외피에 갇힌 잠처럼, 막 잊히려는 중인 새벽 꿈처럼.

검은색에 가까운 오묘한 보라색의 껍질 속에 연두가 조금 섞인 흰빛의 과육. 이 극명한 색의 대립은 가지의 속성 중 가장 매혹되는 부분이다. 볶거나 간을 하면 안팎이

뒤섞여 특유의 명징함이 사라지지만, 얼룩말이나 백호가 그러하듯 자신 안에 빛과 어둠을 모두 지닌 역설을 좋아한다. 그래서 가지를 자르기 전에는 일부러 칼의 날을 더 바짝 세우고 나무 도마를 준비한다. 아직 서로를 침범하기 전인 흑백의 단면을 보는 즐거움을 위해서.

동서양을 통틀어 가지는 끈질기게 오해받아온 채소다. 한국에서는 쪄서 무치는 나물 조리 방식 때문에 소위 '좀비의 겨드랑이' 같은 식감으로 유년의 가지 트라우마를 형성하고, 유럽 중세시대에는 독이 든 마녀의 열매라고 여겨져 꽃만 감상용으로 놓아두었다가 수확하지 않고 버리

곤 했다. 우리의 옛 민간에도 가지에 손가락질하면 열매가 떨어진다고 해서 주먹을 쥐고 가리키게 하는 풍습이 있었고, 한번 열매를 수확한 밭에 연이어 가지를 또 심으면 다음해에 "가지들이 춤을 춘다" 하여 일제히 말라죽는다는 기이한 말이 전해 내려오기도 한다. 또한 가지 줄기를 태우면 집안에 우환이 닥친다는 믿음이 있어 아무리 땔감이 없어도 가지 줄기만은 태우지 않는다고. 하나의 열매에 이렇게 많은 속신과 벽사가 있는 경우가 드문데, 가지가 가진 특유의 모양새와 색깔 때문인 듯하다.

가지는 대표적인 여름 채소인데도 어딘지 어둡고 슬픈 분위기가 있다. 큰 멍든 자리를 오래 문지르다보면 서서히 풀려나오는 푸른 테두리처럼, 너무 오래 방치해둔 종기처럼, 웅크린 채 조금씩 검어지는 검보랏빛. 잘 묵혀둔 비참이나 안으로 곪아 터진 어혈도 가지와 닮았다. 모종을 키워보면 자주색 잎이 땅을 향해 축축 처져서 무기력한 느낌도 준다. 가지의 학명에 포함된 솔라눔Solanum은 고대 로마어로 '위안' '위로'를 뜻하며 실제로 가지과 식물들이 진정작용을 한다는데, 진정과 위안이 지속되면 우울과 무기력으로 빠져들어 곤란한 열매를 맺고 마는 것일까.

가지를 이용한 요리 중 내가 가장 좋아하고 즐겨 만드는 것은 무사카와 멜란자네다. 무사카Moussaka는 그리스의 전통음식이고 멜란자네Melanzane는 이탈리아식 요리지만 들어가는 재료나 만드는 방식은 비슷하다. 두 요리 모두 얇게 썰어 구운 가지를 쓰는데, 무사카는 라자냐처럼 쌓는 방식으로 만들고 멜란자네는 속을 넣어 돌돌 말아 만든다. 가지는 익히기 전엔 푸석하게 보이지만 기름에 구우면 무척 수분이 많아지고 부드러워진다. 세로로 길게 썰어 석쇠 자국이 생기도록 구워 쌓거나 말아 요리하면 입에 넣었을 때 놀랍도록 부드럽고 풍부하게 녹아내리는 가지의 식감을 만날 수 있다. 특히 치즈나 기름이 많은 고기와 궁합이 좋은데, 가지의 푸석한 속살이 기름진 재료의 풍미를 잘 흡수하고 응축하기 때문이다.

비슷한 요리이긴 하지만 무사카를 만들 때와 멜란자네를 만들 때의 이미지는 꽤 다르다. 굳이 나누자면 무사카는 밤이고 멜란자네는 낮이다. 무사카가 가진 층층이 쌓고 덮는다는 속성이 이불과 밤과 잠을 떠올리게 하고, 멜란자

네는 잘 정돈된 몸과 마음으로 좋아하는 곳을 산책하는 느낌이다. 가지가 지니는 두 가지 속성인 빛과 어둠을 각기 다른 방식으로 해석한 것처럼. 그래서 무사카는 무게감을 주고 싶은 메인 음식으로, 멜란자네는 가벼운 전체나 아뮤즈 부쉬amuse-bouche, 식전요리로 만든다. 같은 주재료와 비슷한 조합으로도 완전히 다른 느낌을 내는 것도 가지의 양면성이다.

여름에 빛을 많이 받고 자란 가지와 쌀쌀해지는 가을

바람을 맞고 자라 겨울에 먹는 가지는 색의 차이가 크다. 언젠가 식당에 갔을 때 새파란 가지 반찬이 나왔길래 상하거나 변색된 줄 알고 물어보니 "겨울 가지는 파래요"라는 대답이 돌아왔다. 그 말을 듣고 나는 오래 묵혀둔 우울을 떠올릴 수밖에 없었고, 그날 저녁 한편의 시를 쓰게 되었다. 가을의 차가움을 견딘 가지가 문득 내뿜는 형형한 푸른빛처럼, 가지를 가르는 저녁은 오래 묵혀온 밤의 어둠이 빛을 향해 열리는 시간이다.

안으로 고여들어
기어이 흘렀다

그때 나는 온통 멍으로 뒤덮인 몸
두려움에 독주머니를 가득 부풀린
괴이하고 작은 짐승

가지꽃이 많이 피면 가문다더니
손가락으로 열매를 가리키면

수치심에 겨워 낙과한다니

몸속에 위독한 가지들을 매달고
주렁주렁 걷는 사람에게
고결은 얼마나 큰 사치인가

숨기려 해도 넘쳐 고이는
시퍼런 한때가 있어서

모서리마다 심장이 따라붙어
우리는 헤어짐을 길들이기로 했다

한 바구니 두 바구니 수북히 따서 모은
열매들의 참담을 생각하면
부푸는 속내와 어두운 낯빛 사이에
물혹 같은 곤란함이 도사리는데

겨울 가지는 삶아놓으면 더 푸르러지고

푸르다는 건 안으로 멍이 깊은 병증이라

피부 밑으로 서서히 들이치는 겨울

가지의 색

—「겨울 가지처럼」(『빛의 자격을 얻어』) 전문

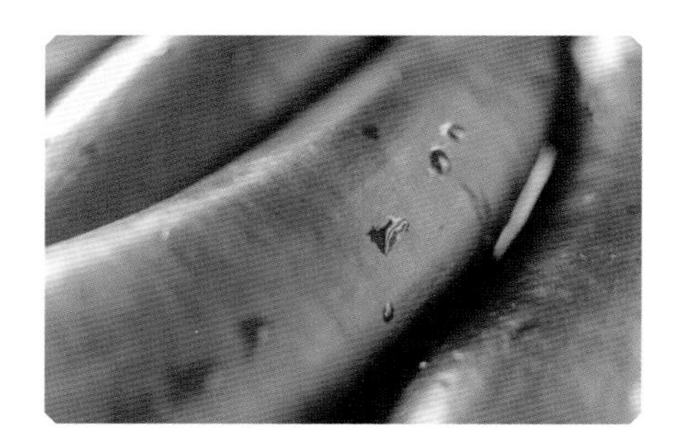

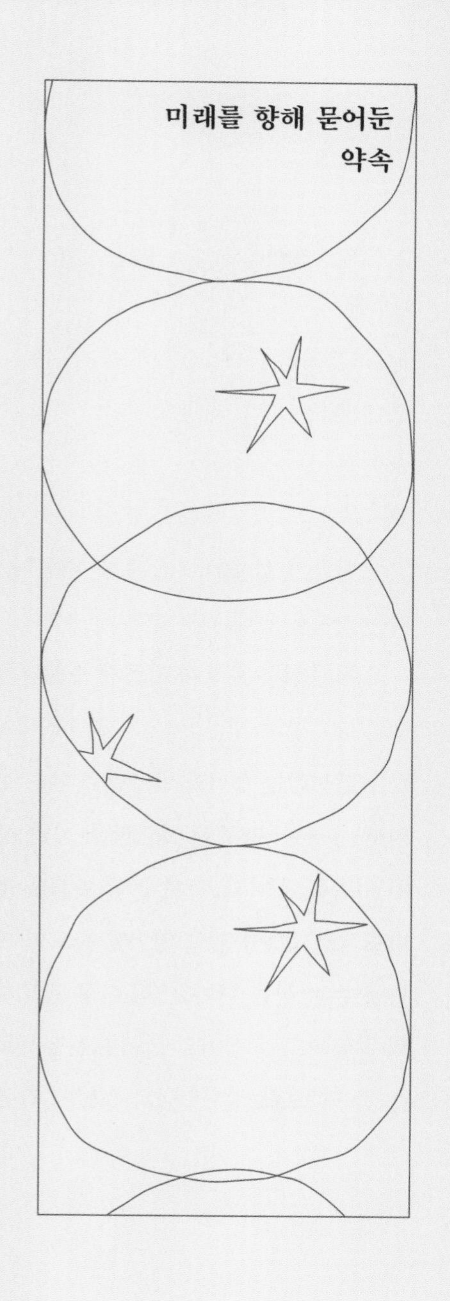

미래를 향해 묻어둔 약속

머금기, 물들기, 스스로를 향해 다가서기, 멀리서 태어나는 약속을 향해 헤엄치기.

어떤 말들은 오래 떠돌다 뜻밖의 형식으로 당도한다.

엽서라는 형식을 발명한 사람은 누구였을까? 분명 무척 외롭거나, 따듯한 불안함을 지닌 사람이었을 것 같다. 첫 마음을 들키듯. 혹은 한쪽 가슴을 열어 내보여주듯. 그라브락스gravlax를 담글 연어를 자르며 미래를 향해 긴 엽서를 쓰는 상상을 한다. 아직 아무 간도 첨가하지 않은 연어의 속살이 곧 복잡하고 섬세한 문장들로 뒤덮일 것이기에.

그라브락스는 소금과 설탕에 각종 향신료를 더해 절

인 연어다. 무덤을 뜻하는 'grav'에 연어라는 뜻의 'lax'가 더해진 말로 '무덤 속의 연어', 즉 '묻어둔 연어'라는 뜻이다. 중세시대 스칸디나비아인들은 대량으로 잡은 연어를 오래도록 보존하기 위해 염장한 뒤 땅속에 묻어 발효시켰다. 무덤 속을 헤엄치는 물고기. 조금씩 단단해져가는 주홍의 살. 간직하고 싶은 무언가를 땅에 묻어두고 기다리는 마음은 무엇일까. 불투명한 미지들을 어둠 속에 심어 잠시의 영원을 만들고자 하는 기약은. 소중한 이를 땅으로 돌려보내려 무덤을 짓는 일이나, 편지를 쓰고 봉투에 밀봉하여 멀리 보내는 행위 속에는 헤아릴 수 없는 시공간에 대한 막연한 기대가 담겨 있다. 아마도 "답장할 수 없는 곳에서 편지가

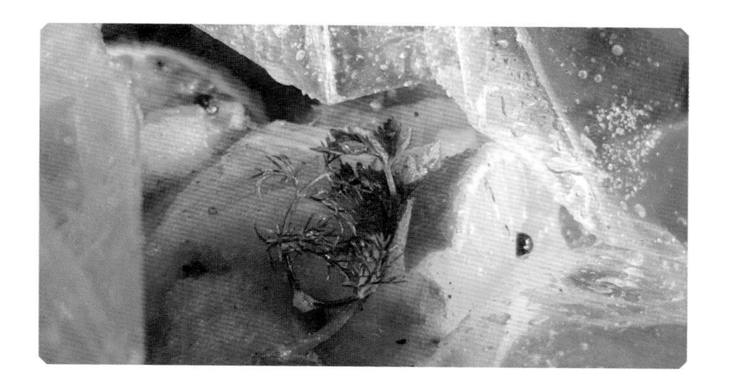

오리라"김혜순 「백야」, 『죽음의 자서전』, 문학실험실 2016 부분는 믿음 속에서. 시간의 흐름으로부터 순간의 조각을 잘라내어 조금이라도 더 곁에 두고자 하는 온갖 노력들이 오랜 염장음식의 역사를 이룬다.

연어를 단순히 소금에 절이고 땅에 묻어 발효시키던 옛 방식은 점차 발전하여 설탕과 허브 등의 재료들이 추가되었다. 연어를 절일 때 소금과 설탕의 비율은 1:2 정도로 맞추면 좋다. 소금은 삼투압 작용을 하여 연어의 살을 보다 단단하고 부드럽게모순된 표현이지만 사실이 그렇다 해주고, 설탕은 세균 증식을 막고 특유의 풍미를 더하며 다른 재료들과의 조화를 돕는다. 설탕의 양이 많아질수록 특유의 붉은빛이 진해진다. 그라브락스는 가정마다 각자의 레시피가 있을 만큼 향신료와 추가하는 허브들에 따라 향과 맛이 달라진다. 나는 최대한 많은 재료들을 넣어 화려하게 만드는 방식을 좋아한다. 그라브락스를 만들며 가장 즐거운 지점은 염지액을 배합하며 각각의 향을 맡는 시간이기 때문이다.

큰 볼에 허브 딜을 한단 정도 듬뿍 잘라 넣고, 정향, 월계수잎, 펜넬시드, 머스타드시드, 오렌지 껍질과 레몬 껍질간 것, 백후추, 주니퍼베리, 아니스와 딜시드를 더한다. 생파슬리를 잘게 잘라 넣기도 하고, 비트를 넣어 색감을 더 살릴 수도 있다. 껍질을 벗겼던 레몬과 오렌지의 즙도 함께 넣고, 마지막으로 보드카나 럼, 욕심을 부리고 싶은 날에는 꼬냑을 넣어 풍미를 더한다. 마지막으로 유리그릇에 연어와 염지액을 층층히 쌓아 올린 뒤 불린 다시마를 덮어 숙성시킨다.

한마디로 그라브락스는 한 필렛의 연어에 인간이 지금까지 발견해온 온갖 향기로운 것들을 뒤섞어 만드는 향의 연회다. 단순한 저장음식에서 시작된 것이 이제는 냄새 제거나 장기 보관용의 숙성 차원을 벗어나 재료의 속성과 물성 자체를 뒤바꾸는 조리 방식으로 발전했다. 저마다 자신의 향을 내뿜으며 떠들썩한 볼 속에서 중심점이 되는 것은 단연 딜이다. 딜의 어원인 'Dilla'는 스칸디나비아어로 '달래다'인데 향을 맡아보면 그 이유가 짐작된다. 초록빛의 혈관 모양으로 퍼져나가는 잎은 더이상 갈라져나갈 틈새가 없을 정도로 얇고 가느다랗게 자란다. 이 푸르고 청량한 허브는 잎사귀를 건드릴 때마다 숲을 지나는 바람을 머금

MONO
TONE

은 듯한 향을 뿜어낸다. 다른 허브들이 주지 못하는 독보적인 향기다. 그라브락스를 만들 때 다른 향신료들은 모두 생략해도 상관없지만 딜이 빠지면 그라브락스 특유의 신선하고 향기로운 느낌이 크게 떨어진다.

연어 위에 딜을 잘라 수북히 올리며 숲을 유영하는 물고기를 생각한다. 나무의 지느러미나 물고기에게서 돋아난 잎사귀처럼 낯설지만 아름다운 조합이다. 딜은 옥상 화단이나 노지에서 볕을 많이 받으면 안개꽃의 5분의 1정도 크기인 작고 섬세한 흰 꽃을 피우는데, 이 꽃은 식용이 가능하여 숙성된 그라브락스의 접시 언저리를 장식하기에도 좋다.

향신료와 허브들로 가득 뒤덮인 한토막의 연어를 보면 자연히 빈칸이 모자라 글씨를 아껴가며 촘촘히 적어 내려간 엽서를 떠올리게 된다. 다른 염장음식들과는 달리 그라브락스는 시간이 지날수록 살이 점점 루비처럼 붉어지고 맑게 비쳐 보인다. 밝고 연하고 불투명했던 연어의 색이 진해지며 점차 투명해지는 모습은 복잡하게 얽혀 있던 생각들이 가라앉아 고여든 모습 같다. 타임캡슐 안에 넣어둔 편지처럼, 오래 묻어둔 생각은 조금씩 내밀해지며 스스로를 향한다.

일주일 정도 숙성을 마친 그라브락스를 자르면 속살에서 응축된 기름이 배어나온다. 공들여 쓴 답장을 받아 그 얇고 선명한 살을 접시에 올린다. 깊숙이 아껴두었던 밀서를 펼쳐보듯이. 땅 속에 묻어두었던 옛 약속들이 새삼 되돌아온다. 반쯤은 살아 있는 감각으로, 반쯤은 사라져가는 기분으로.

작은 배를 모아 짓고

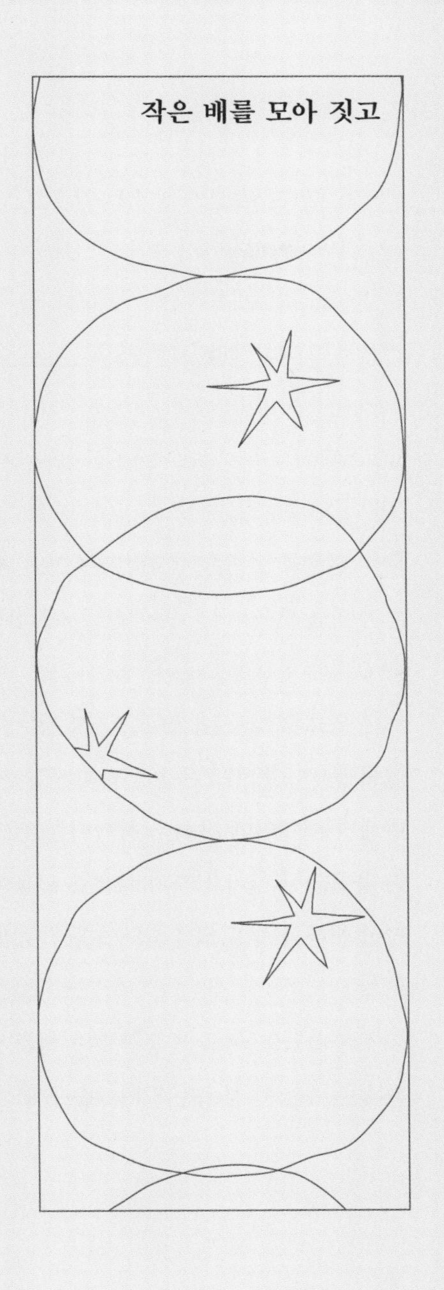

왼손과 오른손이 다정하게 만날 때.

마음 안쪽의 따듯한 파도가 흘러나와 중심을 적실 때.

오늘 아침에는 드디어 지저귀는 새들의 노래와 함께 일어났습니다. 이곳은 완전히 날이 개었어요. 오랜만에 출항했던 배들이 무사히 도착했다는 전갈입니다. 당장 모자란 물품들이 많아요. 아이들과 노인들이 해안가에 앉아 수평선에 하나 둘 떠오를 좌표들을 가늠합니다.

파피요트papillote는 봉봉이나 젤리, 사탕을 쌀 때 양 끝을 묶는 포장을 부르는 말이었습니다. 18세기 파리의 한 과

자점 종업원이 연인에게 편지를 전할 때 사탕이나 과자를 감싸 보내었던 것에서 유래되었다고 하지요. 달콤한 것을 둘러싼 더욱 달콤한 고백들. 메뉴의 이름이 선물의 방식으로 시작되었다는 점이 마음에 듭니다.

종이 포일로 재료들을 감싸 오븐에 구워 만드는 이 요리는 요즘처럼 궂은 날씨의 섬에 잘 어울리는군요. 태풍이 몰아쳤던 며칠간 배가 뜨지 못해 자투리 식재료들뿐이지만, 꽤나 화려한 기분을 낼 수 있습니다. 아끼는 이에게 소포를 보내는 마음으로 종이 포일을 넉넉히 펼쳐두고 올리브오일로 무한(∞)을 그려봅니다. 커다란 에스(S)자여도 좋겠지요. 오랜만에 냉동고 한쪽에 아껴두었던 큼직한 병어를 올렸습니다. 그리고 버터 두 스푼, 통후추, 레몬즙, 토마토, 파프리카, 올리브, 조개 한두움큼과 타임, 로즈마리…… 그때그때 남아 있는 재료들을 추가하며 즉흥적으로 화폭을 채워나갑니다. 최대한 오목하고 넉넉한 배 모양을 만들어 양 끝을 가지런히 모아 밀봉했어요. 이제 예열된 오븐에서 30분가량 구워주면 완성입니다. 봉하기 전에 화이트 와인을 조금 따라주는 것도 잊지 않아야 합니다. 편지봉투의 안쪽에 향수를 뿌려두듯이, 와인의 향이 재료들의 내용을 아우르며 하나의 형식을 완성해주기를 바라면서.

선박을 만드는 사람들은 배를 '만든다'고 하는 대신 '모은다'고 합니다. 파피요트를 만들며 한척의 배를 모아 물에 띄워 보내는 풍경을 떠올립니다. 지금의 최선들을 준비하여 다가올 시간에 방향을 부여하는 일에 대해. 양 손을 겹쳐 조그만 배를 지으면 손안에서 새로 얻은 부피들이 출렁입니다.

아직 뜯기 전의 소포는 미지의 속삭임들로 차오릅니다. 식탁에 놓기 전에 바람을 한껏 받은 돛처럼 봉투가 부풀어 오를 수 있도록 신경 씁니다. 적당히 구워져 바삭거리는 종이의 안쪽이 색들의 긴장으로 분주해집니다. 너무 이르거나 늦지 않았을까 우려하며 밀봉되었던 입구를 노크하면 흘러나오는 내부의 향. 성급하지만 의외로 뜨겁고 달콤한 소식입니다.

어쩌면 잎사귀를 준비 중인 나무와도 가깝습니다. 겉을 감싼 포장지를 열었을 때 피어나는 첫 무늬들. 오른손이 왼손을 찾고 왼손이 오른손을 껴안는 동안, 파도를 가르고 미끄러지는 전개들이 있습니다. 그래서 기도는 마음속의 어둠을 손안으로 꺼내놓는 것이지요.

레몬, 작은 조개들, 타임과 로즈마리가 뒤덮인 틈새로 알맞게 익은 병어가 보입니다. 물속을 헤엄치던 몸이 배와 뭍과 술을 거쳐 종이로 만든 배 위에 잠겨 있군요. 물고기가 배를 타고 우리를 찾아온 아이러니를 생각합니다. 그러고 보면 배는 언제나 물고기를 닮으려 했습니다. 우리의 작은 어선도 그랬지요. 물칸이 작고 빛나는 물고기들로 가득 차면 기쁨에 차서 돛을 올리던. 수면의 빛을 가로지르며 항구로 돌아가던 초여름의 물가.

조심히 돌아오세요. 먼 바다에는 여전히 파도가 높다

고 합니다. 당분간 태풍은 없을 것이라는 예측이기는 하지만, 지난밤에 나눈 농담처럼 깃발은 활짝 펼쳐지지 않았을 때 더 아름다운 것 아닌가요.

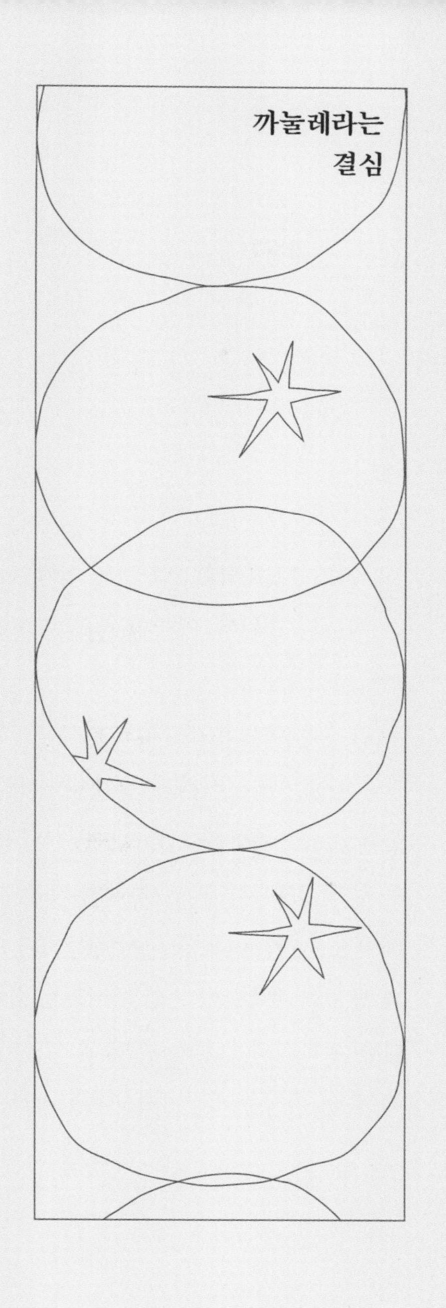
까눌레라는
결심

이 작고 우아한 디저트는 반짝임을 이해하는 데 걸리는 시간의 단위다. 어둠이 품은 다정을 짐작하는 하룻밤이다.

이름부터 근사하게 느껴지는 프랑스식 구움 과자 까눌레cannelé는 특유의 모양이 매력적이다. 왕관이나 모자, 작은 양초 모양 같은 생김새. 처음 맛본 까눌레는 그만두었던 베이킹에 대한 욕망을 다시 일깨웠다. 겉면의 바삭한 질감과 안쪽의 촉촉함이 순간 대비되는 식감이 놀라웠다. 전혀 다른 두가지의 느낌을 한 몸에 지녔다는 것이. 과자와 빵의 중간. 귀여운 외관이지만 바삭바삭한 껍질과 녹진한 속

을 모두 갖춘 달콤한 괴물. 어릴 적 즐겨 먹던 스카치 캔디를 빵으로 만들면 이런 맛이 될 것 같았다. 예전엔 그다지 관심을 두지 않았던 구움 과자가 가진 거대하고 묵직한 힘을 느꼈다. 멋진 세계구나. 여기에 한번 빠지면 위험할 수도 있겠다. 만들고 싶다고 생각했다. 이것이 생겨나는 과정에 참여하고 싶었다. 몸이 지어지기 전 부드럽게 흐르고 유영했을 영혼의 모습을 만져보고 싶었다.

큰 볼에 밀가루와 계란을 넣어 뒤섞고, 우유에 버터와 바닐라빈을 넣고 데운 뒤 식혀서 반죽에 추가한다. 냉장고에서 하루 재운 뒤 다음 날 틀에 부어 220도 오븐에서 20분, 190도로 낮춰 40분 정도 굽는다. 굽기 전에 럼주를 조금 넣어준다. 까눌레의 반죽 과정은 간단한 편이며 재료도 구하기 어렵지 않다. 하지만 최소 하루 전에 반죽해 냉장고에서 숙성시켜야 하기에 즉흥적으로 만들어낼 수는 없다. 이 과정 때문에 까눌레를 굽는 일이 조금 더 특별해진다. 내일 구워내기 위해 오늘 미리 반죽을 만들어두는 건 꽤 기대되는 일이기도 하니까. 다음 날을 위한 기약과 유예의 즐거움.

전통적 레시피는 식용 밀랍을 녹인 뒤 틀에 차례로 부어 겉면을 코팅시킨 뒤 반죽을 넣어야 한다. 까눌레를 만들기 위해 여러 영상과 레시피를 찾아보며, 프랑스인들이 까눌레의 식감과 맛에 무척이나 진심이라는 것을 알았다. 심지어 삼대째 전해져 내려오는 할머니의 동틀로 까눌레를 굽는 손녀 베이커도 있었다.

나의 첫 까눌레는 엉망진창이였다. 바닐라빈 대체품인 바닐라 익스트랙트를 썼고, 밀랍으로 팬을 코팅해야 했

지만 틀에 버터칠을 하는 것으로 대신했다. 럼주가 없어 깔루아로 대체했으며, 왠지 더 어울릴 것 같아서 갈색 설탕을 썼다. 동틀이 없어 시중에서 구할 수 있는 가장 저렴한 팬을 썼다. 그런데 이렇게 구워진 엉망진창 까눌레는…… 정말 맛있었다. 달콤하고 우아하고 향기로웠다. 어떻게 모든 규칙들을 완벽하게 지킬 수 있겠어. 그래도 해냈다는 사실이 중요했다. 처음 구운 까눌레를 맛보며 밀가루와 설탕이 주는 위안에 대해 생각했다.

레시피 중 중요하게 들어가야 할 것은 럼주다. 럼주를

시간에 빗대자면 아주 늦은 밤, 가장 깊은 잠에 빠진 순간 같다. 달콤하고 위태로운. 럼은 묵직하게 파고드는 어둠의 맛이며 그을린 나무 냄새, 훈연된 사과, 겉면을 태운 체리 같은 향이 난다. 럼주를 약간이라도 추가하는 순간 그 진하고 인상적인 향기가 재료들을 장악한다. 까눌레에는 다크 럼을 쓰는데 이름처럼 전체적으로 좀더 묵직하고 어두운 뉘앙스를 줄 수 있다. 커피 리큐르인 깔루아로 대체하는 레시피도 있지만, 다크 럼으로 구운 것이 훨씬 복합적인 어른의 맛을 낸다.

또 중요한 재료 중 하나는 바닐라빈이다. 따듯함과 고상함을 동시에 가진 향이 까눌레와 잘 어울리며 재료들 사이를 부드럽게 메워주는 역할을 한다. 깍지를 반으로 갈라 속을 긁어내고 데운 우유에 담가 최대한 끝까지 향을 우려낸다. 우유에 떠 있는 작은 바닐라빈 씨앗들은 수많은 점이나 말줄임표처럼 보이기도 한다. 아무 말 없지만 시끄럽게 일렁이는 속내 같다.

무르던 다짐에 형식을 부여하는 온도가 있다. 결심은 마음을 단단히 뭉쳐놓은 말 같아서 까눌레가 구워지는 시간과 비슷하겠다. 차오르다 내려앉는 생각들을 다독이며 오븐의 온도를 낮출 때 까눌레는 조심스러운 두더지처럼 틀 속으로 다시 파고든다. 아직 단단해지기는 이르다는 것처럼.

표면이 바삭한 것이 까눌레 맛의 핵심이자 상징이기에 보관이 가장 까다로운 과자류 중 하나다. 갓 구워 뜨거울 때는 표면이 말랑해서 식감이 덜하기에 구운 뒤 첫 김이 나간 직후의 까눌레가 가장 맛있다. 새해 첫날 다짐처럼 결연하게 빛나는 아름다움.

겨울은 까눌레와 어울리는 계절이다. 버터와 럼, 바닐라빈이 구워지면서 퍼지는 다갈색의 향기는 공간에 분명한 무늬를 새겨놓는다. 방금 내린 커피와 함께하면 최고의 겨울 선물. 간밤의 출렁이던 생각들을 하나의 매듭으로 묶어 완연한 실체로 만들어낸 아침이다.

눈사람과 함께 저녁을

대설입니다. 이렇게 큰 눈은 정말 오랜만이에요. 어렸을 때 보던 만화책에는 눈송이가 커다란 동그라미 모양으로 그려져 있었지요. 펑 펑 하는 글자와 함께. 그렇게 동그랗고 조금은 울퉁불퉁한, 귀여운 모양의 송이눈이 내리는 중입니다. 우연한 온도가 만들어낸 놀라운 정경에 저는 할 일을 제쳐두고 온 감각을 동원하여 손님을 맞이합니다. 지붕과 옥상이 차갑고 섬세한 잎맥으로 울창해집니다. 의외로 눈 내리는 날 가장 크게 부각되는 감각은 청각입니다. 정확히는 소리가 부재하는 기운, 숨죽인 기척과 느낌이에요. 눈 쌓이는 소리를 들어보셨지요? 그 잔잔하고도 부산스러운 덧댐, 조심스럽게 다가오는 걸음을요.

눈 쌓인 아침에는 창밖을 내다보지 않고도 특유의 빛을 느낄 수 있어요. 동이 트며 비쳐오는 볕의 기운이 아닌, 눈송이들이 소곤소곤 주고받은 반짝임으로 이루어진 환함이지요. 옥상으로 통하는 문을 열고 야외용 슬리퍼에 가득 쌓인 눈을 털어냅니다. 바닥에 고루 깔린 보송한 카펫은 겨울 궁전으로 향하는 입구 같고 미지의 생태계에서 자라나는 차가운 이끼들 같습니다. 얼어붙어 단단해진 슬리퍼를 신고 갓 생겨난 눈밭 위를 거닐며 겨울이 보내온 전언을 천천히 들여다봅니다. 바싹 마른 포도나무 잎사귀와 말라버린 수반, 야외용 정원 테이블과 간이의자에도 만질 수 있는 안개처럼 흰 글씨들이 적혔습니다.

눈사람도 만들었어요. 타임 잎, 로즈마리 가지와 장미의 붉은 가시, 체리 꼭지 등으로 이 작은 친구에게 품과 이목구비를 선물했습니다. 장미 봉오리도 쥐여주고 잎사귀는 모자처럼 얹었지요. 맨손으로 만드느라 손끝이 얼얼하지만 싫지 않은 감각입니다. 올해의 눈사람은 무척 장난스러운 웃음과 통통한 볼

을 가졌네요. 그런데 아무리 귀엽게 생겨도 눈사람은 어딘지 슬픈 느낌을 주지 않나요? 갓 지어진 자신의 몸을 툭툭 털고 금방 떠나버릴 것을 알기 때문일까요.

오늘 같은 날 반복 재생으로 듣는 음악이 있습니다. 레메디오스의 「His smile」이라는 곡이에요. 겨울이면 생각나는 영화 「러브레터」의 사운드트랙 중 첫 번째 곡입니다. 이 단순한 연주곡의 뒤편에 묵직하게 깔리는 배음은 가볍게 흩날리되 무겁게 고여드는 눈의 속성을 은은하게 들려줍니다. '그의 웃음'이라는 제목이 말해주듯 음과 음 사이에서 긴 여운을 가진

미소가 느껴지는 듯해요. 이 매력적인 배경음악을 타고 번져가는 눈송이들이 먼 외계로 우리를 데려갑니다.

눈이 녹지 않기를 바라며 저녁을 기다린 것은 이 계절만의 특별한 즐거움인 '눈과 술의 양동이'를 위해서입니다. 옥상에서 깨끗한 눈이 가장 풍성하게 쌓인 곳을 골라 양동이에 가득 담아왔어요. 아까 만들었던 눈사람을 앉히고, 곁에는 샴페인을 꽂아두었습니다. 눈 입자가 병에 고루 달라붙어 얼음보다 더 빠르게 시원해지는 것 같아요(기분 탓일 수도 있겠지만…). 술이 차가워지기를 기다리며 저녁을 준비했습니다. 견과류, 치즈 등의 간단한 것으로요.

드디어 기포를 머금은 한잔을 마시면 입안을 휘도는 눈보라. 백개의 눈송이를 삼킨 것처럼 아득해집니다. 잔 속에서 이제 막 태어난 거품들은 스노볼처럼 위쪽으로 솟구치고 창밖의 눈송이는 계속해서 아래로 내려옵니다. 지금 잔의 안팎은 중력과 비상, 반짝임과 고요가 교차하는 자리입니다.

인생에서 가장 큰 폭설을 만난 순간을 기억하시지요? 우리가 거쳐온 장면들은 무의식 속에 머무르다 문득 떠올리는 순간 다시 솟구쳐 휘몰아칩니다. 오래 기억하는 것들은 멀어지더라도 쉽게 사라지지 않는다고 생각해요. 조심스러운 발걸음으로 시작된 눈송이가 하루를 온통 뒤흔들어놓는 것처럼. 오늘의 눈사람이 시간을 건너 매 계절 다른 모습으로 돌아옴을 믿는 저녁입니다.

반려밤과의 일주일

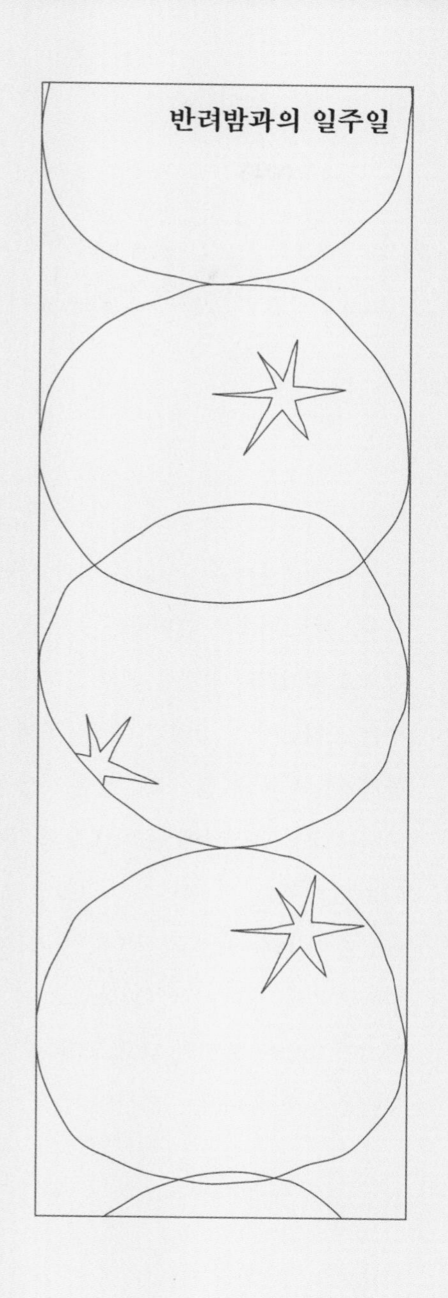

마롱글라세marron glacé는 설탕 시럽에 감싸인 밤이다. 프랑스어로 마롱은 밤이라는 뜻이고, 글라세는 재료를 설탕으로 졸이거나 사탕을 입혀 얇고 바삭한 표면을 만들어 주는 조리법이다. 그러니 마롱글라세는 껍질을 벗긴 밤에 물과 설탕과 각종 향신료를 넣은 저장용 절임을 말한다. 통조림 황도나 유리병에 든 칵테일 체리처럼. 달콤하게 보존되는 밤의 잠.

루이 14세 때부터 전해져 내려왔다고 하니 삼백년이 넘는 시간을 건너온 레시피다. 그만큼 만드는 과정은 단순하지만 어딘지 품위가 있고 고전적이다. 오래된 조리서나 고전문학 속에 나오는 조리법, 음식 이야기를 좋아하는데

모르는 재료나 방식이 나올수록 더 흥미롭고 재미있다. 조리법이라는 하나의 형식 속에서 오래전 사람들과 연결되는 기분이 들기 때문에.

게다가 이 디저트에는 꽤 멋진 비법이 숨어 있다. 온도 차 그리고 시간. 하나 더 추가하자면 끈질긴 반려인. 마롱글라세를 제대로 만들고자 한다면 최소한 일주일, 길게는 열흘 이상의 시간을 들여야 한다. 한번에 완성할 수 없다는 점이 마롱글라세의 특별함이자 높은 진입 장벽이기도 하다. 번거로운 요리를 좋아하는 편이지만 사실 일주일이 넘는 시간 동안 매일 밤과 아침마다 시럽이 든 냄비에 불을 켜고 밤들을 돌보는 건 쉽지 않은 일이다. 온도 차를 위해 매일 아침과 밤마다 불을 조절해가며 졸여야 하고 밤의 여러면에 시럽이 고루 스며들도록 조심스럽게 뒤적이며 굴려주어야 한다. 시럽이 뜨겁게 달아올라 밤의 내부에 침투했다가 차가워지는 과정이 반복되며 특유의 쫀득한 식감이 생겨난다. 지구력과 꾸준함, 밤의 안위를 걱정하는 배려심과 시간과 화력을 조절하는 섬세함까지 갖춰야 하니 제법 큰맘을 먹어야 이 지난한 과정을 시작할 수 있다.

저녁 약속이 있거나 아침에 늦잠이라도 잔다면 밤들은 차가운 시럽에 잠겨 방치될 것이고 마롱글라세의 완성은 늦어진다. 그나마 다행인 점은 당도가 높은 절임이라 하루이틀 정도 빼먹는 것만으론 크게 상하거나 망치지 않는다는 것이다. 그래서 마롱글라세를 만드는 일은 단순하고 반복적이면서도 결과가 좋고, 하루에 기분 좋은 루틴을 추가한다는 점에서 정신건강에도 추천할 만하다. 완성된 결과물이 그간의 고통을 상쇄할 만큼 귀하고 드문 맛을 내는 것도 중요한 점. 깊어가는 가을밤 마롱글라세 한알과 꼬냑 혹은 레드와인 한잔은 몰랐으면 모를까 알게 된 이상 포기하기 어려운 조합이다.

꿀, 발사믹 글레이즈, 설탕을 물에 녹여 밤이 잠기도록 붓는다. 마침 지난번에 까눌레를 구운 뒤라 럼주와 바닐라빈이 남아 있다. 럼주를 작은 컵으로 두잔, 바닐라빈은 과하지 않게 하나만. 이 향과 함께 얼마간의 밤과 아침을 맞이하게 될 것이다.

1일차

밤의 껍질을 벗겨 보송보송한 깃털을 가진 새를 구출해내는 일은 마롱글라세를 만드는 과정 중 가장 고되고 지루한 작업이다. 매끈한 겉껍질 속에 숨겨진 속껍질을 하나

하나 발라내다보면 이걸 왜 시작했나, 싶은 회의감을 지나 어떤 명상의 경지에 이르게 된다. 어차피 하기로 결심했다면 주어진 지금들에 최선을 다할 수밖에 없다는 것을 밤 속의 작은 새들이 알려준다.

첫 끓이기는 센 불로 시작. 럼주와 밤꿀, 바닐라의 엄청난 냄새가 뿜어져 나온다. 오래전 몸살이 나면 먹던 해열제 시럽 냄새. 열어둔 창으로 순식간에 동네 벌들이 몰려들었다. 냄비 주위를 빙빙 돌며 갑자기 피어난 커다랗고 뜨거운 꽃의 정체를 파악하는 중. 밤이 물을 빨아들이는지 시럽이 반 정도 줄어들었다. 아무래도 물을 좀더 추가하는 게 나을 것 같다. 나중에 시럽이 모자라면 곤란해지니까. 불을 조금 줄인다. 3분쯤 졸이다가 불을 끈다. 하루의 시작과 끝을 밤과 함께하다니 귀여운 느낌이다.

2일차

아직 밤들은 희고 시럽은 맑다. 뜨거운 설탕물 속을 헤엄치는 어항 속 물고기들. 천천히 스며들고 뭉근하게 물들

겠지. 오늘은 급한 마감 때문에 종일 옥탑에 있어야 한다.

밤이 와서 한번 더 밤을 졸였다. 한나절 내내 원고는 잘 써지지 않았다. 안절부절 못하며 백지의 주변을 맴돌았다.

3일차

밤들에 어느 정도 색이 들었다. 아직은 밝은 빛깔이지만 확실히 절여지고 있는 것이 느껴진다. 강한 불에 짧게 1분 정도 끓여주다가 불을 낮춰 2분 정도 졸여준다. 이 단계에서는 서두를 이유도 지나칠 필요도 없다. 욕심 부리지 않고 냄비를 덮는다. 달게 잠들길.

4일차

좋게 말하면 안정. 나쁘게 말하면 체념. 중립적으로 적어보자면 반쯤 절여진 상태. 시럽은 확실히 끈적해졌다. 드디어 하나를 골라 맛본다. 아직 단맛과 밤이 조금 겉도는 것 같지만 밤 자체는 잘 익어서 부드럽게 뭉개진다. 마롱글라세 특유의 쫀쫀한 느낌과 시럽을 가두고 있는 젤리 같은 식감은 아니다. 시럽에는 밤향이 많이 배었다. 수분이 너무 많이 날아갈 것 같아서 뚜껑은 덮고 졸였다. 밤의 겉면이 조금 투명해지면서 실핏줄 같은 것이 얼비쳐 보인다. 별 아래에서 마주친 눈빛, 투명해진 갈색 동공 같다.

한밤의 디퓨저. 끓이는 순간 퍼져나와 방을 뒤덮는 달콤한 밤의 냄새. 매일 아침저녁으로 보니 하나하나 모양도 기억나고 정들어버렸지. 귀엽고 예쁘다. 밤들은 다 지쳐서 잠든 얼굴이다.

5일차

처음부터 더 넉넉하게 물 양을 잡았어야 했나. 걱정했던 대로 시럽이 너무 줄어들어 바닥에 뭉근하게 고여 있다. 물과 꿀을 더 추가했다. 발사믹 글레이즈와 럼도 조금 더 넣었다. 밤들이 뭔가 탁해진 것 같은데 밤에 봐서 그런 걸까. 혹시 망했나? 시간과 노력을 들여 편의점 맛밤을 만들어낸 것일까? 두렵다. 밤들의 실금이 깊어졌다. 안쪽으로 금이 가 있던 밤이라면 내일쯤 깨질 것이다. 슬픈 일이다. 작은 상처가 내내 스며들다 기어이 마음 전체를 조각낼 수 있다는 건.

6일차

밤들은 완전히 갈색으로 물들었다. 하루 정도 더 끓이고 식혀야 할 것 같다. 시럽 맛도 볼 겸 우유를 데워 깨진 밤들을 으깨 넣고 밀크티를 만들었다. 우유의 부드러운 향과 밤절임의 미묘한 씁쓸함이 잘 어울린다. 겨울을 생각했다. 견디기 어려운 차가움 속으로 스며드는 따스한 무늬들에 대해. 마감에는 한참 늦었지만 원고는 어느 정도 마무리되었다.

왜 뭔가를 만드는 일을 끝내고 싶지 않을까. 품속의 어린 새를 날려 보내고 싶지 않은 것처럼. 원고를 떠나보내는 일이 아직도 익숙해지지 않는다. 밤의 빛나는 껍질 속에서 웅크리고 있던 새의 깃털. 마롱글라세를 만드는 건 기나긴 퇴고 같기도 하다. 매일이 비슷한 것 같지만 어느 순간 깊어지고 무언가 추가되는…… 어디까지가 과정이고 어디서부터 완성일까. 시를 어디서 끝내야 하는 걸까. 잠들기 싫은 밤과 일어나기 힘든 아침이 반복된다.

마지막 문장을 고민하다 잠들었다. 꿈에서 끈적한 시럽이 흘러나온다.

7일차

이제 밤을 꺼내 철망에서 말리고 글라세설탕 발라 저온에

서 굽기하는 과정만 남았다. 의외로 이 과정에서도 밤이 꽤 많이 갈라진다. 꼭 서바이벌 게임 같다. 마지막까지 살아남은 밤들이 영롱하게 빛난다. 반은 말린 그대로 종이 포일에 하나씩 사탕처럼 감싸고, 나머지 반은 다시 시럽에 담가 보관하기로 한다. 말린 쪽은 파삭하고 쫀득한 식감이 될 것이고, 시럽에 담근 쪽은 촉촉하고 부드러운 맛이 날 것이다. 병에 잘 절여진 밤을 담고 시럽을 부어 밀봉한다. 밤과 함께한 일주일간의 여정이 끝났다. 냄비 바닥에 남은 시럽과 바닐라빈이 아까워 밀크티를 한번 더 만들기로 한다. 우유가 데워지는 동안 드디어 용기를 내어 원고를 보냈다. 이제 떠나보낸 새의 메시지를 읽을 시간이다. *함께여서 멋진 일주일이었어. 아침 꿈과 밤 기지개.*

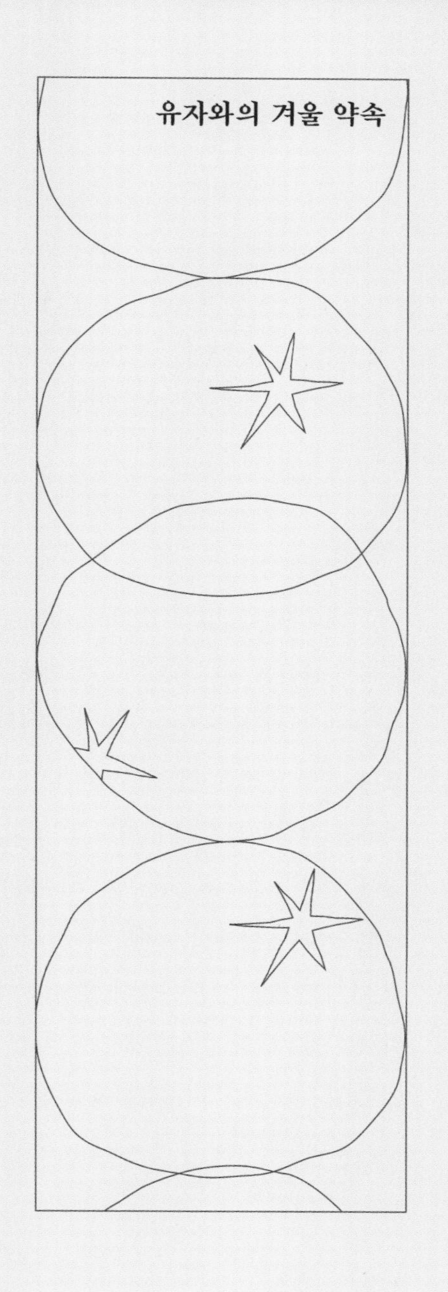

유자와의 겨울 약속

장날이다.

김포에는 오일장이 선다. 시장 중독자답게 장날이면 들떠서 잔돈을 최대한으로 긁어모아 소풍 가듯 나서게 된다. 거리 두기 때문에 장이 서지 않다가 최근 들어 다시 열렸다. 시장이 좋은 건 계절마다 다른 생생함이 있어서다. 겨울을 앞둬서인지 수면바지와 털양말이 색깔별로 나와 있다. 김장철답게 요즘은 포기 배추와 갓, 김치통을 쌓아둔 노점도 많다. 옆에서는 채칼과 큰 대야도 함께 판다. 녹두전 가게 앞에 사람들이 길게 줄을 섰다. 기름에 튀기듯 구워지는 녹두전의 고소한 냄새…… 사실 시장을 좋아하는 건 외로워서인 것 같다. 사람들과 계절의 사이를 그저 서성이

고 싶어서. 그리고 무언가를 장바구니에 넣거나 봉지에 담아 받으면 선물 받는 기분도 드니까.

과일 노점에는 11월이 제철인 유자와 모과가 한창이다. 지금쯤 청을 만들거나 술에 담가 저장했다가 겨울 내내 차도 마시고 담금주도 한잔씩 하면 좋겠지. 하지만 하나하나 씻고 손질해서 썰 생각을 하니 선뜻 용기가 나지 않았다. 엄마는 "서점에서 책을 살 때면/책 읽는 시간도 함께 사와야 한다"정용화 「난독증」, 『서투른 다정』, 천년의시작 2017 부분고 했는데, 식재료를 사오는 것도 그만큼의 시간을 담보로 하는 일이다. 이것으로 무언가 만들어내겠다는 의지와 정성을 들이겠다는 약속. 일단 사버리면 뒷감당을 해야 한다. 최대한 참아보려 했지만 마지막으로 지나친 과일 노점에서 유독

노랗고 예쁜 유자를 발견하는 바람에 결국 한 바구니 사고 말았다. 욕망에 져버린 이 분한 기쁨. 이제 뭘 해볼까. 유자청 담그고, 껍질 말려 생선구이 할 때 넣고, 간장에 담가두면 향이 들겠지. 즙은 스퀴저로 눌러 짜서 탄산수에 넣어 마시고. 머릿속이 벌써부터 유자로 가득 차오른다.

겉면에 코팅된 막을 벗기려 베이킹소다로 씻고 소금물에 살짝 데쳐냈다. 겉을 문지르니 껍질의 조금 씁쓸하면서 상큼한 단 향이 피어난다. 요리하는 중에만 맡을 수 있는 향들이 있는데 양파를 볶는 냄새나 간장이 불에서 살짝 탈 때의 향, 유자나 레몬 같은 시트러스류의 껍질을 손질할 때 나는 향들이 그렇다. 그건 요리하는 과정을 독려하는 잠시의 응원처럼 느껴진다. 때로는 그런 향들을 공간에 채우고 싶어서 요리를 시작하기도 하니까.

유자를 두개째 써는 중이었다. 유자씨는 참 튼튼하구나. 심으면 내일부터 당장 무럭무럭 자랄 것처럼 생겼어. 새삼 놀라워하며 와르르 쏟아지는 씨를 골라냈다. 유자청 만들기는 씨 고르는 작업이 반이다. 자잘한 씨들도 섞여 있어 골라내기가 쉽지 않고 과육이 끈적해서 손으로 일일이 더듬으며 빼내야 한다. 그러니 누군가가 직접 만든 잔씨 하나 없는 유자청을 선물받았다면 무척 사랑받는 존재라는 믿음을 가져도 된다. 유리 냄비에 즙을 짜내면 순식간에 퍼져가는 노랑의 안쪽. 햇유자라 껍질이 말랑말랑하다, 얇게 저며야 더 잘 우러나겠지. 조금 욕심을 부려 잔칼질을 하다 서늘한 느낌과 함께 엄지손가락 끝부분을 베었다.

빛이 스치고 간 자리. 상처 쪽으로 기우는 등의 각도. 베인 곳에 신 즙이 들어가 찌르듯 화끈거렸다. 잠깐 머뭇거리던 피는 금방 동그랗게 맺히다 손가락을 타고 흘러내렸다. 통증 앞에서 누구나 그렇듯 벌어진 상처를 본 순간 몸이 굳어버렸다. 칼날에 새겨진 이름을 새삼 들여다본다. 언젠가 일어났어야만 하는 일이 결국 일어난 것 같았다.

이름을 새긴 칼을 선물 받았을 땐 좀 놀랐다. 칼을 제작해준 분은 요식업에 조예가 깊으셔서 종종 떨리는 심정으로 초대해 음식을 대접하곤 하는데, 요리 많이 하니까 좋은 칼 하나는 있어야지, 하며 건네주셨다. 써보니 과연 무척 견고하고 잘 드는 칼이었다. 날렵하고 크기도 적당해서

당근같이 잘 썰리지 않는 채소부터 구석구석 싹을 도려내야 하는 감자나 두꺼운 고기까지 안 쓰이는 곳이 없었다. 하지만 날에 새겨진 글자를 바라볼 때는 칼을 다룬다는 행위 자체에 대한 죄스러움이 느껴졌다.

지혈을 하고 밴드를 붙인 뒤 약간 잠겨버린 기분으로 유자를 마저 썰고 청을 끓이기 시작했다. 껍질과 과육과 즙을 잘 섞고 꿀과 레몬즙을 더한다. 상처를 '받는다'는 말이 새삼 이상하게 느껴졌다. 상처는 누가 갑작스럽게 맡겨두고 간 선물인가. 아니면 수신인이 불분명한 반송우편인가.

오늘 얻은 상처는 날카로움의 문제이기도 하지만 각도와 타이밍이 만난 결과였다. 그렇다고 칼을 원망할 수도 없다. 다만 베인 자리를 잘 감싸고 돌볼 수밖에. 내 이름을 가진 칼에 베였다는 사실이 직접적인 비유 같기도 했다. 생각해보면 나를 상처 입히는 건 대부분 나 자신이었다. 슬픔을 다시 겪으려 피 흘린 자리를 자꾸 벌려보는 사람. 건네준 날 선 말들을 소중히 받아 간직한 사람. 그것도 나였다.

청을 졸일 때는 냄비의 곁을 지키며 계속 저어줘야 눌러 붙거나 타지 않는다. 이건 유자와 꿀과 레몬에게 하는 약속. 시간과 품이 많이 드는 이런 일들을 좋아하는 것 역시 외로워서겠지. 맛과 향과 시간을 엮어가며 세계와 연결되고 싶으니까. 잘 끓여진 유자청을 뜨거울 때 병에 담는다. 겨울 선물을 완성한 뿌듯함. 첫 병은 칼을 선물해준 분께 드리기로 한다. 따듯한 겨울이 되기를 바라며. 여전히 코끝에 유자향이 맴도는 정오다.

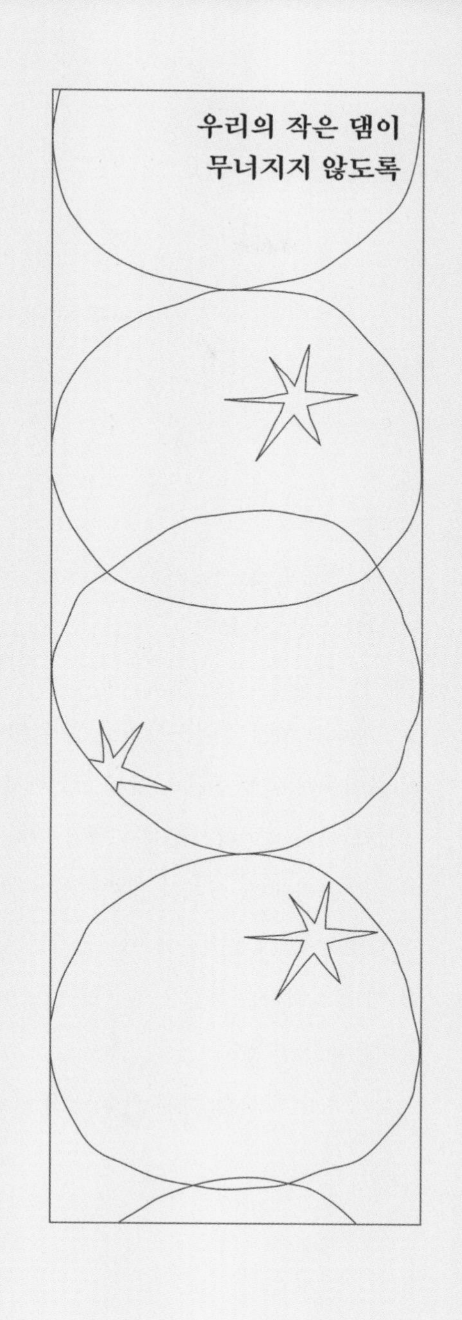
우리의 작은 댐이
무너지지 않도록

침범당한 물은 구체적으로 물든다. 오래 기다린 수심이 심연을 완성하듯이.

한쪽으로만 열리는 창문을 알고 있어. 흐르는 것을 잠시 묶어두기 위해 신은 나무를 고안해냈지. 늙어버린 나이테를 찾아가는 기분으로 커피콩을 탁자 가득 펼치고 깨진 자리를 골라낸다. 실패한 별자리처럼 그 무늬들에는 높이가 없었고. 창의 눈꺼풀을 어루만지며 알맞은 습도를 가늠할 때 흘러내리는 물방울. 순간의 매듭이 겨울의 열매들을 불러온다고 믿었지.

생두를 로스팅할 때 가장 중요한 것은 궤도의 반복.

조금씩 달라지는 공기의 결과 무늬들을 관찰하며 판단을 유예할 수밖에. 열매에게서 중심을 훔쳐 온도를 선사하면 곧 푸름을 내던지며 씨앗들이 부푼다. "알아서는 안 될 거대한 열매"김소연 「격전지」, 『수학자의 아침』, 문학과지성사 2013 부분가 조금씩 몸을 뒤튼다. 뒤섞이며, 발열하며, 푸르고 날카로운 냄새들이 솟아올라 공간을 장악한다. 방 안이 씨앗들의 자취로 물드는 동안, 그을린 발자국들이 천장을 바닥 삼아 최선의 질량이 되어 서성인다.

체망에 담겨 식어가는 원두에서 명예로운 노크 소리가 들린다. 한껏 부푼 내부의 열기가 껍질을 두드리는 힘. 아마도 오래전의 생일을 떠올리듯이. 귀를 기울이면 잊었던 진동들이 새삼 밀려든다.

다 볶아진 원두는 적당히 공기가 통하는 유리병에 넣어 숙성을 기다린다. 작고 어둡고 미숙한 행성들이 몸속에 찾아든 불의 기운을 감내하는 시간. 원두의 내부에 맴돌던 가스가 빠져나가며 안정을 찾기까지는 3일 정도가 걸린다. 이후부터 일주일 사이는 원두가 가장 향을 많이 품고 있는 시기이다.

카페인은 신경으로 엮여드는 복잡하고도 섬세한 카펫의 무늬이며 향기를 표지로 기억하고자 했던 옛 본능과 연관된다. 드립커피를 내릴 때 오른쪽 방향으로 돌리는 것과 왼쪽 방향으로 돌리는 것이 맛에 차이를 준다는 연구를 본 적이 있다. 공기 중의 향 입자 수를 분석할 수 있는 실험실에서 한쪽 방향으로만 드립하여 추출한 결과 오른쪽으로 돌린 경우가 공기 중의 향 입자가 적었다. 즉 밖으로 퍼져나갈 향 성분을 커피 쪽으로 추출할 수 있었다는 것이다. 연구자들은 방향에 따라 맛의 차이가 나는 이유를 "지구의 자전 방향과 일치하기 때문"으로 분석했다. 북반구인 한국의 경우 물의 소용돌이가 본래 오른쪽이기에 한쪽으로 치우치지 않도록 왼쪽 방향으로 내려야 한다는 견해도 있다. 한잔의 커피를 내리는 일에도 지구의 중력과 확산과 자전이 관여한다는 것.

잘 볶아서 숙성시킨 원두를 분쇄해 첫 물을 따르면 솟아오르는 짙은 밤색의 언덕. 여과지 끝이 조금씩 갈색으로 물들어가는 모습을 바라본다. 팽창하며 끓어오르는 거품들. 이 장면은 드립커피를 내릴 때 만날 수 있는 가장 아름다운 순간이자 나무와 씨앗이 걸어온 기나긴 여정의 최고조를 이룬다.

이제 막 생겨난 검고 작은 분화구에 뜨거운 물을 부어 희고 연약한 구덩이를 만드는 일은 창조자와 파괴자로서의 만족감을 동시에 선사한다. 최대한 시간을 잘게 쪼개어가며 순간의 동그라미를 만들어내야 한다. 넘치지 않도록 주의하고 변화하는 빛의 경계를 이해할 것. 물의 후생을 짐작하며 윤곽을 그려 깊숙하게 스며들 것. 원두와 물을 엮고 매듭지어 새로운 색과 의미를 만들어내는 이 제의적 순간을 좋아한다. 그것은 때로 씨앗으로부터 나무의 영혼을 분

리해내는 작업처럼 느껴지기도 한다. 범람하는 짙은 갈색의 수피水皮 혹은 수피樹皮.

향으로부터 선택된 이 공간이 멀리서부터 찾아온 기척들로 가득해질 때, 겨울 창문을 흐리게 하는 열매들의 웅성임을 만난다. 가지를 떠났던 잎사귀가 오랜 시간을 마르고 젖고 으깨어져 다시 뿌리로 흡수되는 감각으로, 땅과 물과 불과 나무가 하나의 잔 속에서 비로소 뒤섞인다.

| 작가의 말 |

음식을 내기 전 깨소금을 뿌리거나 지단 등의 고명을 올리는 것은 접시를 받는 이에게 '당신이 처음'임을 알리는 의미라고 합니다. 선물에 리본을 묶어 직접 풀어보도록 하는 것처럼. 그런 마음으로 이 글을 씁니다.

어릴 적, 일을 마치고 오신 어머니는 자기 몸만 한 솥을 껴안고 맨밥을 퍼먹고 있는 저를 보았다고 합니다. 풍년 압력밥솥. 10인용이었는데 그걸 어떻게 들고 옮겼을까, 어지간히 배가 고팠나보다고. 그때의 밥맛은 기억나지 않지만 자주 혼자였던 집에서 마주한 끼니들은 솥의 무게만큼이나 무거웠습니다. 타인을 마주하는 일이 두려웠던 십대를 거식과 자폐, 실어와 폭식을 오가며 보냈습니다. 하염없이 배가 고팠고 공복의 느낌은 식사를 마쳐도 사라지지 않았습니다. 하루 종일 한마디도 하지 않다가 집에 돌아오면 흰 말줄임표 같은 쌀알들을 허겁지겁 입안으로 쏟아부었습니다. 그러다 스스로를 깊이 미워하며 모든 음식에서 멀어지기도 했습니다.

배고픔은 오랜 시간 반려견처럼 곁을 맴돌았습니다. 목에 걸린 이름표는 불안. 슬픔. 혐오. 자책 등으로 계속해서 바뀌었지만 그와 내가 단단히 연결되어 있다는 것을 언제나 알 수 있었습니다. 입에 든 것을 삼켜 낯선 외계를 내 안으로 들여오는 일은 최고의 행복이었다가 다시없을 짓거리이기도 했습니다. 갈망과 거부가 뒤얽힌 허기는 비어 있는 배 속에서 오는 것이 아니라 끊임없이 스스로를 파먹는 숟가락질이었습니다.

옥탑에 살게 된 것은 일종의 구원이었습니다. 문을 닫으면 홀로의 시간을 보호받고, 문을 열면 하늘을 향해 활짝 열리는 공간. 작은 방과 옥상을 오가며 화단을 가꾸고 요리를 배우고 시를 썼습니다. 사람들을 초대해 평상에 불을 밝히며 음식을 나누는 일의 기쁨을 알았습니다. 그건 다른 이를 맞아들이는 동시에 나를 내어주는 일이었어요. 식탁 앞에서 순식간에 환해지는 얼굴들을 보며 홀로 냄비를 휘저으며 보냈던 밤과 낮들이 사람을 향한 긴 부름이었음을, 리본처럼 예쁘게 매듭지어 건네고 싶은 시간이었다는 것을 깨달았습니다.

이제 혼자 껴안고 있던 솥을 내려놓고 함께 마주할 식탁을 향해 걸어온 것 같아요. 요리를 통해 조금 더 따듯한 사람이 되고 싶었습니다. 주어진 순간들을 공들여 매만져 하나의 최선을 만들어내는 기쁨으로. 그래서 저에게 그릇에 음식을 담는 행위와 종이에 글씨를 올리는 일은 때로 구별되지 않습니다. 요리는 접시에 쓴 시, 시는 종이에 담아낸 요리 같습니다.

언제나 지지와 응원 아끼지 않으시는 부모님께 사랑

과 존경을 전합니다. 원고를 제안해 주신 미나 언니, 『시인동네』와 창비 '스위치' 덕분에 무사히 책을 묶을 수 있었습니다. '롤링페이퍼'에 적힌 응원 메시지들은 큰 힘이 되었어요. 특히 이진혁 선생님의 격려와 기다림으로 매주 쓸 용기를 얻었습니다. 고맙습니다.

만져지는 것 같은 사진으로 책에 관능과 아름다움을 선물해준 천재 사진가 Jason에게 커다란 감사와 경의를 전합니다.

좋아해요, 말하고 싶은 순간마다 요리를 했습니다. 당신을 이렇게 많이 생각합니다, 선언하는 마음으로 접시를 놓았습니다. 식탁에 마주 앉은 소중한 사람들이 있어 매 순간 행복하게 요리할 수 있었어요. 옥탑에 머물렀던 계절과 시간을 담아 보냅니다. 이 고백이 당신에게 무사히 가닿기를 바랍니다.